变异学视域下的中外文学研究新探索

龙娟◎著

知识产权出版社
全国百佳图书出版单位
—北京—

图书在版编目（CIP）数据

变异学视域下的中外文学研究新探索/龙娟著. —北京：知识产权出版社，
2020.5（2021.8重印）

ISBN 978 - 7 - 5130 - 6886 - 4

Ⅰ.①变… Ⅱ.①龙… Ⅲ.①比较文学—文学研究—中国、国外 Ⅳ.①I0 - 03

中国版本图书馆 CIP 数据核字（2020）第 066593 号

内容提要

21 世纪比较文学学科进入了新的发展阶段，比较文学中国学派提出了"变异学"理论。变异学理论不再基于影响研究和平行研究的"求同"，而是基于文明的异质性，建立了"求异"的比较范式。变异研究是对比较文学学科的突破性尝试，是继法国学派实证研究和美国学派平行研究之后的又一学科发展重要阶段。

本书使用比较文学变异学理论，对中外文学中的部分经典主题及其作家作品进行分析，以求探索中外文学根源上的异同之处，以及不同文明之间的分歧与融合。

责任编辑：刘 嚞	**责任校对**：王 岩
封面设计：红石榴文化·王英磊	**责任印制**：刘译文

变异学视域下的中外文学研究新探索

龙 娟 著

出版发行： 知识产权出版社 有限责任公司	网 址：http：//www.ipph.cn
社 址：北京市海淀区气象路 50 号院	邮 编：100081
责编电话：010 - 82000860 转 8119	责编邮箱：liuhe@ cnipr.com
发行电话：010 - 82000860 转 8101/8102	发行传真：010 - 82000893/82005070/82000270
印 刷：北京建宏印刷有限公司	经 销：各大网上书店、新华书店及相关专业书店
开 本：880mm×1230mm 1/32	印 张：4.875
版 次：2020 年 5 月第 1 版	印 次：2021 年 8 月第 2 次印刷
字 数：96 千字	定 价：59.00 元
ISBN 978 - 7 - 5130 - 6886 - 4	

目录

第二章

变异学视域下的中外灾难文学"惩戒"主题研究/48

第三章

变异学视域下的中外小说成长主题研究/84

导言　变异学对中外文学研究的
重要意义

一、后现代主义视域下的"差异性"

对"差异性"（difference）的关注是当今世界主流文学批评的主要特点。在后现代主义产生之前，西方文学批评理论都是对事物终极性和同质性进行探索和研究。"现代主义各具体派别之间虽然理论观点不同，但它们并没有脱离传统的对总体性、本质、起源、中心、真理、深度的追求，它们每一种理论都有自己的中心，都在某一阶段成为一种权威理论。"❶这样的情况一直持续到 20 世纪 60 年代末期。1968 年，法国爆发了大规模的反政府学生运动。这场学生运动不仅成为法国思想界的重要转折点，也成为西方学术界拉开后现代主义大幕的重要契机。"后现代主义则否定某一理论的权威性，否定二元对立

---

❶　马新国．西方文论史：修订版［M］．北京：高等教育出版社，2002：457．

的模式，对追求统一性的传统理论、传统文化进行消解。解构主义在这方面的特点十分突出。"❶在研究方向上，后现代主义也转变为对事物非终极性和差异性的追求，这也是对结构主义的正面反驳和颠覆。

作为解构主义的开创者，法国哲学家雅克·德里达（Jacques Derrida，1930—2004）不仅对西方传统逻各斯中心主义进行了批判，对文本中心提出了质疑，还对传统哲学和文学的二元对立进行了解构。1967 年，德里达出版了《论文字学》。在这本著作中，德里达对从古至今的西方所有形而上学思想进行了仔细分析和严厉批评，并建立了一种新的人文研究工具——解构。从此以后，"解构"这个概念被许多学科采用，并发展成后现代主义最重要的哲学思想——"解构主义"（deconstructivism）。而德里达的《论文字学》被认为是解构主义的基本文本。"解构主义"思想的创立使德里达一夜之间成为 20 世纪最重要的思想家之一。作为后现代主义的急先锋，"解构主义"一直到今天都没有失去其激进性和爆发力。

在西方传统形而上学的思想当中，人们总是坚信有一种存在于语言以外的宇宙精神，生生不息地支配着自然与社会的进展。这就是所谓的"逻各斯中心主义"。哲学的古典形而上学传统影响了某种确定的语言概念，从而塑造了那个时代的中心

---

❶ 马新国．西方文论史：修订版［M］．北京：高等教育出版社，2002：457．

主义语言文字观——在语言与文字的二元对立中，语言被确立为中心和本质，它必然优于文字，并被文字所依赖。这一观点，被德里达指责为"形而上学语言中心主义"。索绪尔（Saussure）、列维－斯特劳斯（Levi-Strauss）、卢梭（Rousseau）等思想家都展示了逻各斯中心主义如何将话语作为表达真理的场所来尊崇，并将书写视为危险的骗局来拒斥。而作为解构主义的重要先驱，德里达则认为这个想法必须颠倒过来。

　　作为解构主义的先驱，德里达对逻各斯中心主义的批判，就从"形而上学语言中心主义"开始，因为语言和语音中心主义就是逻各斯中心主义的一种变体。他颠覆性地提出了一系列的新名词，如"Déconstruction"（解构）、"Différance"（异延）及"Trace"（痕迹）等。除了"解构"直接作为德里达新哲学思想的代名词之外，"异延"也是德里达自创的一个重要新名词。这个词来自法语动词"différer"，并且是"différer"拼错了的名词形式。之所以故意创作这样一个拼写错误的词，德里达是希望人们一看到它就会想起那个正确的术语"différence"（差异）。德里达解释说，在这个词中故意用错误的拼写"-ance"代替正确的拼写"-ence"，是为了表示法语动词"différer"所包含的"差异"和"延缓"双重意义的融合。这个词的双重意义具体包括以下两点：第一，一个文本提供的具有意义的"效果"（effect），该意义是"差异"

（différence）的产物；第二，由于所提供的这一意义永远不可能停留在一个实际的"在场"（présence）（或一个独立于语言之外的现实之中，德里达称之为"超验所指"），其意义的确定便在由语言的一种解释向另一种解释的运动或"游戏"（play）中被延缓了。德里达把这种延缓称为"一种无穷尽的回归"。德里达强调，这个新造词与正确词之间的"差异"恰恰强调了该词的特异性。换句话说，"it is difference that makes possible the meaning whose possibility（as a decidable meaning）it necessarily baffles."❶［正是差异才使得意义成为可能，它必然要阻碍这种（作为一种可确定意义的）可能性。］因此，尽管"异延"和"差异"这两个词所表达的意思是不一样的（"差异"表现的是空间上的差别，而"异延"则要表现意义的表达在时间之流中被不断延搁的过程），但是"异延"代表了一切"差异"的根本特征。因此，"异延"也包含全部"差异"。异延存在于一切在场、实在与存在之中，在颠覆现有的结构中呈现自己的存在。在空间上"异延"表示差异，在时间上"异延"表示延搁，所以"异延"是不确定的。就像"撒播"一样，"异延"是随意和无目的性的。总之，没有中心的"异延"不仅解构了"结构"，而且表达了德里达解构主义最典型的哲学思想。

---

❶ 艾布拉姆斯.文学术语词典：中英对照［M］. 7 版.吴松江，等编译.北京：北京大学出版社，2009：114.

深受德里达哲学思想影响的法国学者杰弗里·哈特曼（Geoffrey H. Hartman，1929—2016）曾担任耶鲁大学比较文学系主任。他与其他三位同样就职于耶鲁大学的学者一起，运用解构主义理论对欧美文学进行分析与批评。他们四个人所组成的解构主义批评小组被称为"耶鲁学派"。杰弗里·哈特曼撰写了大量富有探索精神的论文，全面发展了解构主义批评理论。他是法国式解构思想在美国最初的发扬者之一，其解构主义批评理论与德里达一脉相承，特别是对解构主义的不确定性理论的继承。杰弗里·哈特曼也强调"语词符号的意义并不是由它们自身规定的，而是依赖于其他的词，即在与别的符号的差异中获得自己的规定性。这使得语言成为一个巨大的、错综复杂的网络，在语言的实际运用中，不仅需要根据上下文来确定某个语词的意义，而且需要与全部的语言联系起来，才能最终完成语词意义的确定，而这实际上意味着无法确定。"[1]其中，杰弗里·哈特曼所提到的"差异"和德里达所说的"多义性"（Polysemy），以及威廉·燕卜荪（William Empson）所说的"歧义"（ambiguity）在本质上都是相同的。

──────────

❶　马新国．西方文论史：修订版［M］．北京：高等教育出版社，2002：502.

英国文化研究伯明翰学派❶的代表人物斯图尔特·霍尔（Stuart Hall，1932—2014）将哲学认识论中的"representation"（再现）转变成文化研究与符号学相融合的"representation"（表征）。霍尔试图用新概念"表征"去代替旧概念"再现"，从而形成一种文化上的转向。作为20世纪英国最重要的新左派知识分子，霍尔出版过一本代表性著作：*Representation：cultural representations and signifying practices*（《表征：文化表象与意指实践》）。

在这本重要的学术论著中，霍尔专门用了一节的篇幅来说明"差异"的重要性。一开始，霍尔就指出了"差异"（difference）问题在当今文化前沿研究中越来越重要的地位："Questions of 'difference' have come to the fore in cultural studies in recent decades and been addressed in different ways by different disciplines. "❷（"差异"问题在近几十年来的文化研究中日益

❶　"伯明翰学派"指的是一系列迥异于传统文学批评的研究，这种研究更关注大众文化、青少年亚文化等，更多考虑性别、年龄、种族等文化政治因素，从而使文化研究与实际的社会政治运动结合起来。伯明翰当代文化研究中心的发展经历了三个时代：霍加特时代、霍尔时代和后霍尔时代。霍加特时代的文化研究受制于旧有的文学－文化传统，具有较强的文化主义思想传统色彩；霍尔时代是不断理论化的时代，其间霍尔等人通过发行《文化研究工作论文》（*Working Papers in Cultural Studies*）、建立出版企业等措施，实现了文化研究理论与实践的飞跃，完成了伯明翰学派文化研究的形塑；后霍尔时代是文化研究群雄逐鹿的时代，伯明翰学派文化研究的影响却不断扩散，引发了人文社会科学的文化转向。

❷　Stuart Hall（ed.）. *Representation：cultural representations and signifying practices*［M］. London：Sage Publications & Open University，1997：234.

凸显，并在不同学科中以不同的方式被探讨。）接下来，霍尔从语言学、社会学、文化和心理四个层面分别对"差异"进行了解释。

首先，在语言学层面，霍尔认为："The main argument advanced here is that 'difference' matters because it is essential to meaning; without it, meaning could not exist."● （这里提出的主要论点是"差异"很重要，因为它对意义至关重要；没有它，意义就不可能存在。）因此，霍尔小结道："So meaning depends on the difference between opposites."● （所以意义取决于两个对立面的差异。）

其次，霍尔还指出："The argument here is that we need 'difference' because we can only construct meaning through a dialogue with the 'Other'."● （这里的论点是我们需要"差异"，因为我们只能通过与"他者"的对话来构建意义。）霍尔对产生"差异"的对立面"他者"也给出了十分重要的评价："Meaning arises through the 'difference' between the participants in any dialogue. The 'Other', in short, is essential to meaning."●

● Stuart Hall (ed.). *Representation: cultural representations and signifying practices* [M]. London: Sage Publications & Open University, 1997: 235.

● 同上。

● 同上。

● Stuart Hall (ed.). *Representation: cultural representations and signifying practices* [M]. London: Sage Publications & Open University, 1997: 236.

（在任何对话中，意义都是通过参与者之间的"差异"而产生的。简而言之，"他者"是意义的本质。）可见，霍尔认为单纯的独立体是不可能产生实际意义的。意义的产生只能够依赖各种各样"参与者"之间的"差异"。

再次，霍尔延续了保罗·杜盖伊（Paul du Gay）和自己在 *Questions of Cultural Identity*（《文化身份问题研究》）一书中的观点，从人类学的层面对"差异"的重要性进行了分析与阐释。他强调道："The argument here is that culture depends on giving things meaning by assigning them to different positions within a classificatory system. The marking of 'difference' is thus the basis of that symbolic order which we call culture. "● （这里的论点是，文化依赖于赋予事物意义，这是通过将事物分配到一个分类系统中的不同位置来实现的。因此，标记"差异"就是我们称之为文化的符号秩序的基础。）霍尔一再强调差异是文化的根本，而离开了差异的文化是不存在的。这个观点在人类学中也是极其重要的一点。并且，霍尔还进一步指出了"差异"与符号边界、符号中心、社会边缘和文化秩序的相互制衡关系："According to this argument, then, symbolic boundaries are central to all culture. Marking 'difference' leads us, symbolically, to close ranks, shore up culture and to stigmatize and expel anything

---

● Stuart Hall（ed.）. *Representation：cultural representations and signifying practices* ［M］. London：Sage Publications & Open University, 1997：236.

which is defined as impure, abnormal. However, paradoxically, it also makes 'difference' powerful, strangely attractive precisely because it is forbidden, taboo, threatening to cultural order. Thus, 'what is socially peripheral is often symbolically centred'(Babcock, 1978, p. 32) . "❶ ［那么，根据这个论点，符号边界是所有文化的中心。标记"差异"象征性地引导我们团结一致，支持文化，并对任何被定义为不纯洁的、无道德的东西进行污蔑和驱逐。然而，矛盾的是，它也使"差异"强大，意外地会吸引人，恰恰因为它是被禁止的、禁忌的，威胁到文化秩序。因此，"社会边缘的东西往往是符号的中心"（Babcock，1978，第32页）。］

之后，霍尔还对心理生活中的"差异"进行了关注，并从精神分析学的层面对"差异"进行了探索。他指出，个人主体性的出现和自我意识的形成，需要参照"他者"身上的"差异"。例如，男孩之所以会意识到自己是男孩，是由于他意识到与女孩的"差异"所在。人类的主体性依赖于人类与具有"差异性"的他者的各种无意识关系。

在最后的小结中，霍尔对"差异"概念进行了特别说明——以上这些在语言学、社会学、文化学和心理学层面的各种"差异"并无轻重之分。"差异"可能在任何一个学科中出

---

❶ Stuart Hall（ed.）. *Representation：cultural representations and signifying practices* ［M］. London：Sage Publications & Open University，1997：237.

现，也可能成为任何一个学科的关键因素。因为"差异"分别存在于很不相同的学科或层次中，所以这些学科中的"差异"并不会相互排斥，也并不会有好坏之分。"差异"在学术研究中起到了越来越重要的作用，所以一定要引起重视："First, from many different directions, and within many different disciplines, this question of 'difference' and 'otherness' has come to play an increasingly significant role."❶ （首先，从许多不同的方向，在许多不同的学科中，"差异"和"他者"的问题发挥了越来越重要的作用。）除此之外，霍尔还特别对"差异"的双面性进行了补充："Secondly, 'difference' is ambivalent. It can be both positive and negative. It is both necessary for the production of meaning, the formation of language and culture, for social identities and a subjective sense of the self as a sexed subject — and at the same time, it is threatening, a site of danger, of negative feelings."❷ （其次，"差异"是矛盾的。它可以是正的，也可以是负的。它对于意义的产生、语言和文化的形成、对于社会身份和作为性主题的自我主观感觉都是必要的，同时，它也具有威胁性，是一个危险的所在，也是负面情绪的所在之处。）

---

❶ Stuart Hall (ed.). *Representation: cultural representations and signifying practices* [M]. London: Sage Publications & Open University, 1997: 238.

❷ 同上。

　　综上所述，目前的西方学术思潮发展都有着一个相似的导向和趋势——从传统的对"真理"的刨根问底、对事物终极性的不懈追求、对相同事物的趋之若鹜，转向对事物之间非本质的、非终极性的和差异性的关注。后现代解构主义学者们纷纷开始研究起各个不同学科范畴中的"差异"现象。这是一个值得所有人注意的当今西方学术思潮的重大转向。特别需要说明的是，在上述西方哲学术语中出现的"他者"（otherness），其实在中文中也常被翻译为"差异性"。后现代学者们不仅用语言学中所存在的"差异"和"差异性"来对西方传统的中心主义语言学进行颠覆和消解，还在除语言学以外的各种学科中对不同层面、不同形态和不同外延的"差异"进行了探索和研究。"差异"和"差异性"成为后现代主义，特别是解构主义的一把利刃，也成为迄今为止计算机网络时代的创新工具。西方学者们从传统的逻各斯中心主义转向对"差异"和"差异性"的关注与重视，也使得很多传统学科走出了学科自身发展的困境。可见，事物之间的"差异性"可以让发展缓慢甚至停滞的学科迎来一轮新的发展契机。因此，这个西方思想界和学术界的重大研究转向给中国比较文学的发展带来了新的启示。

二、比较文学视域下的"异质性"和"变异性"

　　西方后现代主义对"差异"的关注起始于艺术领域，后来逐渐影响到各个不同的学科范畴。于是，在各类不同的学科研究，如语言研究、文化研究、文学研究、历史研究、社会研究、经济研究中，"差异"也以各种不同的具体形态和名称出现在各类研究成果中。因此，一些"差异"的衍生词，或者说是与"差异"的含义密切相近的词汇也在这类研究成果中频繁出现，如"variation"（变异）、"heterogen"（异质）、"heterogeneity"（异质性）等。这些词汇和概念尽管略有不同，而且由于不同语言之间的翻译问题，他们还并没有固定的使用标准。但是，这些词汇出现的最根本意义就是体现事物之间的相异之处，它们承担的最根本使命就是打破西方传统中心主义一直追求的系统性、统一性和相似性。而这种对"差异"的关注早就反映到比较文学学科领域。

曾担任国际比较文学协会主席、国际文学理论学会顾问、欧洲科学院院士的杰出学者杜威·佛克马（Douwe W. Fokkema，1931—2011）早就注意到了这样一个现象："Returning to Variation Theory, precisely those scholars who acquired knowledge of languages outside their own cultural domain seem to have applied it, focusing on difference as well as similarity, on crossing cultural boundaries as well as the potential aesthetic experience."❶（回到变异理论，那些在自己的文化领域之外获得

---

❶ Shunqing Cao. *The Variation Theory of Comparative Literature* [M]. Berlin: Springer, 2014, Ⅵ.

语言知识的学者，似乎正是运用了变异理论，关注差异与相似，关注跨越文化边界，关注潜在的审美体验。）佛克马认为越来越多的全球学者对于"差异"（difference）和"相似"（similarity）这两个因素给予了越来越密切的关注，并指出这样的关注是具有创新意义和开创精神的。佛克马还特别具体列举了几类优秀的研究成果，并认为这些研究中的学术视野都是具有前瞻性的："In fact, there were also excellent cross-cultural studies, such as those by the American Japanologist Earl Miner or by the Chinese James J. Y. Liu teaching in the United States, by the Japanese Yoshikawa Kojiro on Song poetry, or by the American sinologist Stephen Owen on Tang poetry. They all discuss phenomena of both homogeneity and heterogeneity, of sameness and difference, and they had a keen eye for the Variation..." ❶（事实上，也有一些优秀的跨文化研究，如美国的日本学学者厄尔·麦纳和在美国任教的中国学者刘若愚，研究宋词的日本学者吉川小次郎，研究唐诗的美国汉学家斯蒂芬·欧文。他们都在讨论同质性和异质性、相同性和差异性的现象，他们对"变异"有着敏锐的眼光……）佛克马在文中列举了几位在"差异"研究方面做出了率先示范的学者。他认为这些学者打破了比较文学法国学派和美国学派传统的固有研究模式，较为敏锐地察觉

---

❶ Shunqing Cao. *The Variation Theory of Comparative Literature* [M]. Berlin: Springer, 2014, Ⅵ.

到了"差异"因素在比较研究中的重要作用,从而在跨文化研究领域做出了新的尝试和突破。佛克马还指出,尽管许多优秀的跨文化研究都将焦点放到事物的"差异性"上,但是还需要有一个科学、严谨的学科理论框架作为"差异"研究的支撑。

四川大学的曹顺庆教授发现了这个问题,并及时提出了比较文学的"变异理论"。佛克马认为比较文学变异学理论顺应了后现代文学研究转向的思潮,并为比较文学学科提供了一个崭新的思路和方向。比较文学变异学理论提出的在"不同文化的文本中发现文学性"这一假设也是被大众阅读经验所证实了的:"Rather optimistically, the Variation Theory argues that we may discover literariness in texts of a different culture. This appears a valid assumption, confirmed by our own reading expe-ri-ence."❶(比较乐观地说,变异理论认为我们可以在不同文化的文本中发现文学性。这似乎是一个有效的假设,我们自己的阅读经历也证实了这一点。)在比较文学变异学理论的可比性因素上,佛克马也赞同曹顺庆教授的观点,认为"审美经验"可以作为一个不变因素:"The Variation Theory recognizes same-ness as well as differences, but how to identify sameness? Cao rightly assumes that the aesthetic experience is a constant factor in

---

❶ Shunqing Cao. *The Variation Theory of Comparative Literature* [M]. Berlin: Springer, 2014, Ⅶ.

cross-cultural literary studies..."（变异理论既承认差异性也承认相同性，但如何识别相同性呢？曹顺庆认为审美经验是跨文化文学研究中的一个永恒的因素，这是正确的。）最后，佛克马不仅认为中国学者提出的比较文学"变异学"理论言之有理，而且还呼吁更多的国际学者参与到这个理论的研究中来："My advice is to try to understand Professor Cao's Variation Theory; try to apply it; and, if you believe that it does not work, publish your doubts or contact Professor Cao so that the cross-cultural dialogue he is hoping for will materialize."（我的建议是尝试理解曹教授的变异理论；试着应用它；如果你认为这没有用，那就把你的疑问发表出来，或者联系曹教授，这样他希望的跨文化对话就会实现。）一个理论从最初的设想，到初步创建，再到逐步证实，最后到理论的正式成立和运用，这个过程需要大量案例实践和人员讨论。佛克马也希望更多的学者能够注意到这个新兴的比较文学理论，并且能够在具体的案例分析中加以运用。因为只有更多的学者参与到这个理论的运用和讨论中来，才能实现真正的中西文明之间的跨文化对话。

　　"变异学解释了文学交流比较中的文学变异现象，它的比较基点不再是影响研究和平行研究的'求同'，而着眼于文明的异质性，建立了'求异'的比较范式。"❶中国学者提出的

---

❶　赵渭绒，李嘉璐．比较文学变异学：从理论到实践［J］．当代文坛，2015，（1）：21.

"变异研究"是比较文学学科的重大突破，是继法国学派实证研究和美国学派平行研究之后的又一重要阶段。

推崇实证性"影响研究"的法国学派认为，比较文学的可比性是建立在事物间的"同源性"的基础之上。而且，这种"同源性"是可以找到相互牵连的实证证据的。所以，比较文学法国学派在上述理论的基础上建立了"流传学、媒介学、渊源学"这三大比较文学基础理论。但是，法国学派的理论能够实现的前提是假设的正常的文学流传过程，即在这个过程中的被传递信息是完整的。但是，如果在文学流传过程中出现了被传递信息的丢失、被添加或者误读的情况，那么法国学派就不能对这些被传递信息的变异问题给出合理解释。并且，在实际发生中的文学信息流传过程中，由于社会环境、历史时期、文明基础、受众各异等因素的存在，法国学派的三大基础理论也不能对这些在跨时代、跨文明语境案例中出现的变异现象进行说明。这种在"求同思维"指导下出现的问题虽然引起过法国学派的注意，但是并没有学者试图彻底解决这个问题。他们依然遵循实证性影响研究的"规范路线"，将后来出现的形象学、译介学都划分在比较文学影响研究之中。但事实上，形象学和译介学的案例研究中已经出现大量不可忽视的"变异现象"。这些在比较文学案例研究中出现的"变异现象"已经不能用现有的比较文学影响研究理论去解释，而亟须一种新的学科理论去进行解释和引导。

　　因此，在比较文学法国学派之后，又出现了比较文学美国学派。美国学派在法国学派只注重"实证"因素的基础上，提出了"比较"因素在比较文学学科中的重要性，并提出了"平行研究"和"跨学科研究"两大新研究方法。美国学派对法国学派的理论进行了及时的纠正，扩大和补充了比较文学的研究范围和方法。但是，美国学派提出的两大学科理论依然是建立在"求同"的基础上的。他们提出平行研究和跨学科研究的可比性在于事物之间的"类同性"，并继续对已经存在的"差异性"采取故意忽视的态度。比较文学和比较艺术领域的国际权威、国际知名比较文学家乌尔利希·韦斯坦因（Ulrich Weisstein）是当今媒介间研究的先驱者，还曾任国际比较文学协会秘书长。他曾在其著作《比较文学与文学理论》（*Comparative Literature and Literary Theory*）中写道："无论如何，在大多数情况下，影响都不是直接的借出或借入，逐字逐句模仿的例子可以说是少而又少，绝大多数影响在某种程度上都表现为创造性的转变。"❶ 韦斯坦因还介绍了几种"创造性转变"的新兴术语。例如，布莱希特（Brecht）创造的"批判性改编"（counter-design）和埃斯卡庇（Escarpit）创造的"创造性叛逆"（creative treason）等。可见，韦斯坦因已经认识并承认了文学作品和文学理论在流传过程中存在着差异现象。但遗憾

---

　　❶ 韦斯坦因. 比较文学与文学理论 [M]. 刘象愚，译. 沈阳：辽宁人民出版社，1987：39.

的是，他认为这些差异现象的产生只限于同一个文明圈之内。也就是说，韦斯坦因对跨文明环境下的文学比较不予认同。在"求同思维"的影响下，他强调的依然是在想象力和思想情感中出现的维系传统的"共同因素"。可见，美国学派虽然打破了法国学派实证性"影响研究"的桎梏，但却只将眼光局限于西方文明圈之内。而之后的研究事实证明，这种同一文明圈之内的文学平行研究是有很大局限性的。

在传统的比较文学理论研究中，西方学者们一直都是习惯性忽视跨文明的文学比较问题。这种忽视也许是有意识的，也许又是无意识的。因为大多数的西方学者没有深刻地认识到东方文明和西方文明的根本差异。但是，平行研究中的变异问题不能被忽视，反之，它是比较文学研究的一个新的突破点，也是中国比较文学学派的立足之根本。中国的比较文学学者们从一开始就必须得面对东方和西方这两大文明圈的交汇、碰撞和冲突。曹顺庆教授指出："不同的文明在碰撞中产生变异，这种变异涉及文明差异的交集。我们可以提出这样的观点：平行研究中的变异，最根本之处是体现在双方的交汇中，是文明的异质性交汇导致了不同文明的变异。"❶不同文明、不同文化之间的交汇导致文学变异的产生。在这样一个多元化的社会中，在这样一个扁平化的地球村中，我们必须对多元文化与多元文

---

❶ 曹顺庆. 变异学：比较文学学科理论研究的重大突破 [J]. 中外文化与文论，2009，(1)：9.

学中的差异性加以重视——"关注差异、尊重差异、承认文明的异质性，在此前提下进行沟通与交流，是比较文学变异学的精神旨归。比较文学变异研究的理论核心是把'异质性'作为比较文学可比性基础，从异质性与变异性入手来考察比较文学的相关研究领域，通过关注差异性，深入挖掘不同国家、不同学科、不同文化与文明之间文学互相关系中的变异性，来实现世界文化与文学的沟通与融合，进而构建一个'和而不同'的和谐世界。这一核心理论不仅解决了比较文学异质性的可比性问题，而且解决了文学影响关系中的变异性问题。变异不仅仅是文学交往中的重要概念，也是比较文学中最有价值的内容，是文化创新的重要路径。"❶

　　综上所述，无论是推崇同源性"影响研究"的法国学派，还是推崇类同性"平行研究"的美国学派，都没有对跨文明文学交流中出现的"差异性"给予足够的关注与研究。而这种"差异性"对于比较文学研究来说是非常重要的因素，更是不能被忽视的。跨越东西两大古老文明圈之间的"差异性"是广泛存在的，在当今这样的全球化和多元化的世界里，比较文学学科的未来发展正需要这种不同文明之间的"差异性"研究。因此，比较文学变异学批评理论能够成为比较文学学科发展的助力器，将比较文学理论打造成为一个更加科学、灵活

---

　　❶　赵渭绒，曹顺庆．比较文学学科理论体系新思考［J］．外国文学研究，2012，（3）：115.

和全面的学科理论。

故本书拟使用比较文学变异学理论对中外文学中的某些经典主题及作家作品进行分析，以试图验证变异学理论的先进性、科学性和普适性。全书分为三章，每一章都选取一种中外文学中的经典主题进行深度分析。第一章对中外文学中的"侠士"和"复仇"主题进行了变异学视域下的研究，选用了中国金庸先生的《连城诀》和法国作家大仲马的《基督山伯爵》作为比较分析文本。第二章对中外灾难文学中的"神话"主题进行变异学视域下的分析与溯源，选用的文本材料是西方的希腊神话、圣经神话和中国的神话传说，以及后世的部分中外灾难文学作品。第三章对中外小说中成长主题进行比较研究，选用的文本材料是中国作家张爱玲的《沉香屑：第一炉香》和英国作家简·奥斯丁的《傲慢与偏见》。

第一章　变异学视域下的
中外侠士复仇小说新论

任何学科理论的合法性、科学性和普适性的证明都需要通过大量的实例研究。在比较文学"变异学"理论的运用实践中，也有很多值得借鉴的例子。其中最主要的方法就是运用"变异学"理论对具体作家作品进行分析与阐释。

"中国武侠小说宗师"金庸先生的《连城诀》与"法国通俗小说之王"亚历山大·仲马（Alexandre Dumas）的《基督山伯爵》乍一看无论在内容还是形式上都有着诸多相似之处——侠士复仇的题材、跌宕起伏的情节、时空体的叙事方法、浓郁的时代色彩等。有人甚至认为金庸的《连城诀》是对大仲马的《基督山伯爵》的模仿之作。但在仔细阅读之后，读者又会发现这其实是两部完全不一样的小说。这样"似而不同"的文学现象不仅引起了普通读者的好奇，而且也引起了比较文学学者们的争议：这种存在明显"类同"现象和"变异"现象的跨中西文明圈的文学作品，到底应该怎样去解释？而笔者认为，金庸的《连城诀》与大仲马的《基督山伯爵》之所以会存在实证性影响关系的争议，主要缘于金庸的《连城诀》受到法国侠士复仇小说（特别是大仲马小说）的影响。但是，金庸和他的小说从本质上来说始终是中国的，它们有着深厚的中国文化根基。这种关系只是西方侠士复仇文化在被金庸接受后发生的变异现象而已。

因此，笔者试图将基于事实的实证性研究与非实证性的变异学研究相结合。在正视中法文学作品之间确实存在影响的同时，尝试探究文学作品在流传过程中发生的非实证现象——文学作品的变异现象。结合本章来说，就是来自法国的侠士复仇主题作品（大仲马的《基督山伯爵》）对中国作家（金庸）的影响不是一个简单的"复制—粘贴"过程。文学作品在流传的过程中会由于很多因素而发生变化。例如，金庸会在自身对《基督山伯爵》的理解基础上，将其同化至自己的小说《连城诀》的创作之中，从而创造出与《基督山伯爵》具有完全不同的艺术审美的新作品。本章希望兼顾案例的实证性与非实证性层面研究，较全面地对《基督山伯爵》与《连城诀》之间的关系进行分析。在传统的实证性影响研究中，因为研究者太过强调"实证性"因素，往往会忽视文学作品的"文学性"因素。因此，笔者还希望这种将实证性与非实证性相结合的研究方式，能够对被忽视的"文学性"研究进行补充，并以平等、公正、客观、理性的心态看待中法两国间的文学交流与文学关系。

事实上，笔者对这两部各具特色的侠士复仇小说进行变异学分析的念头起源于曾经读过的一本著作：《探求一个灿烂的世纪——金庸与池田大作对话录》。书中记录了日本著名宗教家、作家池田大作与金庸先生的对话。金庸先生在回答池田的某个提问时，曾这样说道："我写成小说《连城诀》后，忽然惊觉狄云在狱中得丁典授以《神照经》一事，和《基度山恩仇记》太接近了，不免有抄袭之嫌。当时故意抄袭是不至于的，但多多少少是无意中顺了这条思路。"❶并且，金庸先生毫不讳言道："我所写的小说，的确是追随于大仲马的风格。在所有中外作家中，我最喜欢的的确是大仲马，而且是从十二三岁时开始喜欢，直到如今，从不变心。"❷接着，池田笑称金庸被誉为"东方的大仲马"，因为他与大仲马的许多思路不谋而合，金庸答道："若要避开其近似处本来也不为难，但全书已经写好，再作重大修改未免辛苦，何况丁典的爱情既高尚又深刻，自具风格，非《基度山恩仇记》的法利亚神父所能有；即使在我自己所写的各个爱情故事中，丁典与凌霜华的情史，两人的性格，也都是卓尔不凡，算是第一流的。要舍弃这段情节实在可惜。"❸事实上也的确如此，金庸的《连城诀》虽说也

---

❶　池田大作，金庸．探求一个灿烂的世纪［M］．孙立川，译．北京：北京大学出版社，1998：79．

❷　同上，第84页。

❸　同上，第79页。

受到西方侠士复仇故事情节的影响，但是这部小说无论在主题诠释、情节铺陈、人物设置和叙述方式上已经完全脱胎换骨，拥有自身浓郁的中国古典文学色彩。例如，金庸小说深谙中国古典小说"草蛇灰线、伏脉千里"的写作章法，小说人物（如狄云、戚芳、丁典、凌霜华等）所具有的"善恶昭彰、侠肝义胆"等独特性格，也有着中华传统伦理道德的深深烙印。金庸先生在广州出版社出版的《连城诀》序言中也明确指出，中国的武侠小说与西方的传统小说无论在环境铺陈、人物塑造，还是情节设置上都是不同的：

> "西洋传统的小说理论分别从环境、人物、情节三个方面去分析一篇作品。由于小说作者不同的个性与才能，往往有不同的偏重。基本上，武侠小说与别的小说一样，也是写人，只不过环境是（中国）古代的，主要人物是有武功的，情节偏重于激烈的斗争。"❶

综上所述，金庸先生的武侠小说创作既受到大仲马小说影响又有极大创新变革这一案例，十分适合进行比较文学的变异学研究。

---

❶ 金庸．连城诀［M］．广州：广州出版社，2006：3.

一、侠士与复仇主题

1. 侠士：武侠与骑士

中国的武侠小说和西方的骑士小说分别诞生于各自不同的历史文化土壤，它们都归属于封建世俗文学，小说塑造的主要人物都是武艺高强、侠肝义胆的盖世英雄，情节设置都具有冒险、神秘和传奇的特色。由于这两种均以"尚武"精神作为要旨的小说都将主人公塑造成侠肝义胆、惩奸除恶、行事磊落、崇尚爱情的英雄人物，所以也被称为侠士小说。但由于中西方侠士小说根植于不同的文化土壤，中西方文化背景不同、历史传统相异，就表现出各自不同的文化特点。

同一个"侠"字，受到中西方不同的历史、文化、社会和宗教的影响，却有着十分不同的文化精神内涵。分析中西方文学作品中"侠"的具体体现，应当从中西方的历史文化入手，去探索"侠"的定义。

中国的"侠"这一词语最早出现在《韩非子·五蠹》中："儒以文乱法，侠以武犯禁……其带剑者，聚徒属，立节操，以显其名。"而侠之"义"则是侠之所以为侠的精神支柱。从史书记载的侠士言行来看，"侠"对"义"的理解主要强调"助人""重言诺"和"恩仇必报"，这就是中国的"侠义精神"。凡按照侠义精神行为处世者，即言行举止符合"侠义"

的人，便是侠士。❶

在金庸先生的小说《连城诀》中，小说的主人公狄云便是这样一位侠士。小说开头的第一个场景就是狄云和师妹在练剑，狄云谦让师妹，十分具有绅士风度：

> "那青年没料到她竟会突然收剑不架，这第三剑眼见便要削上她腰间，一惊之下，急忙收招，只是去势太强，噗的一声，剑身竟打中了自己左手手背，'啊哟'一声，叫了出来。那少女拍手叫好，笑道：'羞也不羞？你手中拿的若是真剑，这只手还在吗？'那青年一张脸黑里泛红，说道：'我怕削到你身上，这才不小心碰到了自己'。"❷

生活在湖南农村的狄云是一位尊师重道、热情好客、乐于助人的朴实青年。他买酒杀鸡，好好招待了远道而来、素不相识的万震山弟子卜垣，后来却被他们报复殴打；他虽然不会喝酒，但依然谨遵师命，不敢违抗；他心地善良，处处维护师父的颜面，不惜与他人据理力争：

> "戚长发听得万圭的语气不对，说道：'云儿，你喝了酒。'狄云道：'我……我不会喝酒啊。'戚长发沉声道：'喝了！'狄云无奈，只得接过每人一杯，连喝了八

---

❶ 罗立群. 中国武侠小说史［M］. 石家庄：花山文艺出版社，2008：2-3.
❷ 金庸. 连城诀［M］. 广州：广州出版社，2006：5.

杯，登时满脸通红，耳中嗡嗡作响，脑子糊涂一团。戚芳跟他说话，他也不知如何回答。"❶

"狄云急蹿让开，叫道：'我不跟你打架。我师父这件新袍子，花了三两银子缝的，咱们卖了大牯牛大黄，才缝了三套衣服，今儿第一次上身。'……狄云冲上三步，叫道：'你快赔来！'他是农家子弟，最爱惜物力，眼见师父卖去心爱的大牯牛缝了三套新衣，第一次穿出来便让人给糟蹋了，叫他如何不深感痛惜？"❷

而小说中的反派人物"铁索横江"戚长发，虽然算不上品行端正的侠士，但是作为狄云的师父，戚长发在小说的开始也还是被描写成十分"信守承诺"：他既答应了万震山要去参加他的寿宴（虽说另有所图），就算砸锅卖铁、卖牛弃耕也要凑足盘缠远赴金陵万家府邸。所以他教育子女要信守承诺，振振有词：

"爹爹答应了卜垣的，一定得去。大丈夫一言既出，怎能反悔？带了你和阿云到大地方见见世面，别一辈子做乡下人。"❸

西方的"侠"起源于骑士，而西方的"侠义"精神起源

---

❶　金庸. 连城诀［M］. 广州：广州出版社，2006：16.

❷　同上，第13页。

❸　同上，第9页。

于"骑士精神"（Chivalry，the Chivalric Code），其中包括：谦卑（humility）、荣誉（honor）、牺牲（sacrifice）、英勇（valor）、怜悯（compassion）、诚实（honest）、公正（justice）、灵魂（spirituality）。追溯历史来看，西方 12～13 世纪发展到鼎盛时期的骑士制度，最初起源于中世纪早期日耳曼军事传统和罗马军事传统的理想化结合。之后，随着各国之间战争的慢慢减少，中古封建军队中骑士的传统军事作战用途已不复存在，"教会也一再颁布法令禁止比武，所以许多骑士开始摒弃尚武斗狠、冲锋杀敌的习惯，注意培养礼让谦恭、温文尔雅的气质，塑造尊重妇女、追求挚爱的风度。"❶

在大仲马的《基督山伯爵》中，主人公爱德蒙·邓蒂斯原本只是个 19 岁的远洋货轮大副，他单纯乐观、热情勇敢、刚直不阿、工作谨慎、敢于担当、航海经验丰富，对父亲孝顺敬爱、对爱情充满幻想、对未来充满希望。

然而，受船长委托，邓蒂斯为拿破仑党人送了一封信，由此遭到两个卑鄙小人和法官的陷害，马上就要升职为船长的邓蒂斯在自己的订婚仪式上被士兵带走，从此被关进了不见天日的海上重刑犯监狱。在得知自己获救无望，会含冤而终的不公正命运后，邓蒂斯的"骑士精神"被激发，他决心为自己伸张正义、为社会惩恶扬善，他开始谋划逃出监狱的一系列准

❶ 占程程. 英国骑士文学与中国武侠小说之比较 [J]. 安徽文学，2009，(9)：45.

备：在狱友法利亚神甫的帮助下，他意识到了陷害自己的仇家分别是谁；除了虚心向神甫学习各种知识技能，邓蒂斯还取得了神甫的信任，故而神甫临终前把埋于基督山岛上的一批宝藏的秘密告诉了他。邓蒂斯越狱后找到了宝藏，成为巨富，从此化名基督山伯爵（曾化名为水手辛巴德、布索尼神父、威尔莫勋爵）。邓蒂斯经过精心策划，展开了一系列谋划已久的行动，他对恩人施以援手，对仇人设下圈套，报答了恩人，惩罚了仇人。

而邓蒂斯复仇的期待视野却并不仅仅是杀死仇家这样简单粗暴的结局，他想得更多、更深刻。也许是深受西方骑士精神的影响，复仇英雄邓蒂斯对待自己的仇人有着不同的方式方法，有直接取其性命的复仇，有布下圈套让其羞愧自杀的复仇，有设下陷阱让其自相残杀的复仇，还有撒开大网让其自投罗网的复仇。这样一系列不同方式方法的复仇，有些是体现在惩罚仇家的肉体上，有些是体现在惩罚仇家的精神上，有的是体现在摧毁仇家的名誉上。与东方式的复仇不一样的是，在《基督山伯爵》中，精神上的复仇往往比肉体上的复仇来得更加具有惩戒性和严酷性，是更加让人难以忍受的精神折磨，是一种苟延残喘的苟且偷生，是一种永远无法摆脱的精神枷锁。

可见，由于西方的骑士是建立在基督教教会这一类似皇权统治的严苛阶级统治机构下的一种"官方职位"，属于基督教教会体制内的"在职官员"，所以骑士制度模式化、规模化的系统形成了西方骑士注重忠诚、契约和原则的精神，相比肉体上的折磨，他们更加倾向于揭发恶人对于背叛契约所受到的惩戒，更加在乎对其精神上、名誉上的打击报复，因为这样会让仇人在"体制内"的生活毁于一旦，从而名声扫地，成为众矢之的，这样的复仇比直接夺其性命要有力得多，这也暗合了西方传统文化精神。

而东方的武侠精神不属于任何一个统治阶级，所以它不受阶级制度所束缚，它追求自由，顺应天地之间的正义法则，为黎民百姓伸张正义，除恶扬善，遵守的是天地人和的自然法则。由于没有受到任何束缚，所以复仇的最好方式便是杀死仇人，因为精神上的惩戒对于没有宗教禁锢的社会文化来说威力并不够大，所以结束仇人在这个世界上生存的权利便是最有力和最终极的惩罚了，当然这也是中国传统哲学与精神所在。西方的骑士文学随着骑士制度的灭亡而烟消云散，但中国的武侠小说正因为其侠士精神自由与独立的精神内核而历久弥新，在不同的社会与时代中以不同的形式展现出来。

2. "肉"与"灵"的复仇

如前文所述，中西侠士小说在关于"复仇"主题的铺陈设计上有着很多相似之处。

例如，小说主人公都是社会底层的朴实、善良的青年。《连城诀》的狄云是一位父母双亡、跟着师父生活的农家子弟。而《基督山伯爵》的邓蒂斯则是一位出生贫苦人家、与父亲相依为命的青年水手。而当他们遭到不白之冤后，复仇的对象又都是上层社会的达官显贵。所以在小说表现的阶级对立上，中西方的复仇小说都可以视为水深火热中的底层人民揭竿而起，对没落腐朽统治阶级进行的挑战与对抗。

再如，改变这两位底层青年命运的导师——《连城诀》里的丁典与《基督山伯爵》里的法利亚神甫。《连城诀》中的武林前辈丁典对狄云谆谆教导，让过于单纯幼稚的农村孩子狄云明白了这世界上的人心险恶和居心叵测，更教会了他打遍江湖无敌手的绝世神功"神照功"。《基督山伯爵》中的法利亚神甫不仅教授了邓蒂斯各类知识，让其在行为举止、见识教养方面成为一个上等人，还在临死前将毕生所藏的重大秘密——巨额宝藏的详细地点告诉了邓蒂斯。而正是在这样的启蒙导师的悉心教导之下，狄云和邓蒂斯才有机会走出牢狱，并迅速成长起来。

除了这些相似之处外，《连城诀》与《基督山伯爵》在铺陈小说复仇主题的人物塑造和情节设置上，更有着诸多的不同之处。其中最明显和最重要的不同之处在于对小说中反派人物，即主人公仇人的最后结局的设置大相径庭。本文分别以《连城诀》中的三位反派人物——戚长发、万震山、凌退思的结局，与《基督山伯爵》中的三位反派人物——费南、维尔福、邓格拉司的结局为例。

在《连城诀》的最后一章里，小说快速而精炼地交代了每个反派人物的结局：狄云将简谱的秘密刻写在城墙上，意图引出万氏父子报仇，不料却因此目睹了万震山、言达平及死里逃生的戚长发三人间的火并。他在危急之时救了师父，师父乘机杀了万震山：

> "万震山断了一臂，挣扎着爬起，冲向庙外。戚长发抢上前去，一剑自背心刺入，穿胸而出。万震山一声惨呼，死在当地。"❶

待到凌退思、花铁干、汪啸风等一拥而入发疯似的抢夺宝藏，并因此触摸到宝藏上涂抹的剧毒而全部毒发身亡时，狄云终于看穿了这世道人心：

> "狄云蓦地里明白了：'这些珠宝上喂得有极厉害的毒药。当年藏宝的皇帝怕魏兵抢劫，因此在珠宝上涂了毒药。'他想去救师父，但已来不及了。这些人中毒之后，人人都难活命，凌退思、万圭、鲁坤、卜垣、沈城等人作了不少恶，终于发了大财，但不必去杀他们，他们都已活不成了。"❷

中国的侠士复仇的最佳方式一直是以亲手诛杀仇家为最高原则，并且没有对复仇者心理活动进行详细的描述。这与中国

---

❶　金庸. 连城诀［M］. 广州：广州出版社，2006：377.

❷　同上，第381页。

传统儒家思想浸润下的人的性格有关。一方面，我们提倡内向克制，三思而后行、后发制人。另一方面，长时间压制下的性格一旦得到释放的机会，便如同滔滔洪水般一发不可收拾，一定会使用最极端的报复方式来泄愤——那就是彻底地、完全地、不留余地地摧毁仇家的肉体存留。因为儒家思想是一种入世思想，孔子对于鬼神的存在，已持有怀疑态度，故存而不论，所以儒家思想并不重视所谓"来世的报应"。所以，侠士摧毁仇家肉体、终结现世生命，并由此获得惩恶扬善、伸张正义、行侠仗义的愉悦之感，这才算是画上了复仇的完美句号。

相对于中国复仇小说更关心复仇的死亡结局，西方复仇小说对侠士复仇时精神世界的思想冲突和灵魂拷问更加关注，对复仇时的精神摧残和内心纠结的过程描绘更重笔墨。西方作家笔下的复仇往往倾向于，复仇者通过复仇这一漫长过程达到自我人格的完善。因此，在《基督山伯爵》中，邓蒂斯对三个仇家处于不同阶段、使用不同方法的复仇结局能让读者深深感受到——这个复仇过程其实激发了邓蒂斯对自我命运的反思，不断促进了他精神的成熟与人格的完善，并且激发他对宿命进行抗争的悲壮感和崇高感。小说中邓蒂斯的三位仇家，一位死、一位疯、一位一夜白头。

邓蒂斯的第一位仇敌是他的情敌费南，他的最终结局是妻离子散、众叛亲离，在深深的懊悔中自杀收场：

　　"将军挺起身子，紧紧地抓住门帘；从一个同时被他的妻子和儿子所抛弃的为父者的胸膛里，发出了人世间最可怕的啜泣。不久，他就听到马车铁门的关闭声，车夫的吆喝声，然后，那辆笨重车子的滚动震得窗户发起响来。他跑到他的寝室里，想再看一眼他在这个世界上所爱的一切；但马车继续向前滚动，美茜蒂丝或阿尔培的脸都没有在车窗上出现，他们都没有向那座被舍弃的房子和向那个被抛弃的丈夫与父亲投送最后一个告别和留恋的眼光，也就是宽恕的眼光。正当那辆马车的车轮越过门口的时候，屋子里发出一声枪响，从一扇被震破的窗口里，冒出了一缕暗淡的轻烟。"❶

邓蒂斯的第二位仇敌是徇私枉法、视人命为草芥的大法官维尔福，他的最终结局是家破人亡，精神错乱，发疯收场：

"'我的孩子！'维尔福喊道，'他抢走了我孩子的尸体！噢，你这该死该杀该倒霉的东西。'他想跟着基度山去，但像是在一场梦里一样，他的脚一步也动不得。他的眼睛虎视眈眈，像是要从眼眶里突出来似的。他紧抓自己胸膛上的肉，直到他的指甲上染了血；他太阳穴上的血管膨胀得像要爆裂开来似的，他的脑子像火烧般地热。这种状态继续了几分钟，直到他的理智完全破坏，然后，他发

---

❶ 亚历山大·仲马. 基度山伯爵. 下册［M］. 蒋学模，译. 北京：人民文学出版社，1994：1291.

出一声高喊，接着又爆发一阵大笑，冲下楼梯去了。"❶

在看到维尔福被妻子和孩子双双服毒身亡的惨况逼疯后，基督山伯爵邓蒂斯开始了自我反省，他开始怀疑自己所做的一切的局限性、正义性和公平性，并立即采取行动去营救下一位被报复的仇家：

"基度山恐慌地后退。'噢！'他说，'他疯啦！'于是，像是怕那座受天诅咒的房子的墙壁会突然倒塌似的，他冲到街上，初次怀疑他究竟有没有权利做他所做的那些事情。'噢，够啦，够啦，'他喊道，'让我去救了那最后的一个吧。'……基度山答道，'上帝宽恕我，我或许已经做得太过了！'"❷

邓蒂斯的第三位仇敌是唯利是图、狭隘善妒的银行家邓格拉司，他很幸运地成为邓蒂斯的最后一位复仇目标，所以他经历了一顿结结实实的折腾之后苟且地保住了性命：

"邓格拉司大喊一声，倒在地上缩成一团。'起来，'伯爵说，'你的生命是安全的。你的同谋犯可没有像你这样幸运，一个疯了，一个死了。留着你剩下的那五万法郎吧，我送给你了。……范巴，这个人吃饱以后，放他自

❶ 亚历山大·仲马. 基度山伯爵. 下册 [M]. 蒋学模，译. 北京：人民文学出版社，1994：1494.
❷ 同上，第1495页。

由。'……他在树下待了一整夜，不知道自己身在何处。当天亮的时候，他看见他在一条小溪附近；他口渴了，踉踉跄跄地向小溪走过去。当他俯下身来饮水的时候，他发觉他的头发已完全白了。"❶

《基督山伯爵》里的侠士复仇是具有一定宗教寓意的复仇。邓蒂斯在复仇过程中始终相信，自己是正义的化身，而上帝是站在自己这一边的。然而，当他看到维尔福家的惨剧时，他开始怀疑自己的复仇是否体现了上帝的意志，是否超越了合适分寸的界限。西方小说的复仇情节一般费时较多、铺陈较多，因为西方的宗教文明认为，肉体的死亡即意味着灵魂的安息。因此，西方的复仇结局往往着重在对仇家精神的施压与摧毁。邓蒂斯对于他的三个仇家，并没有亲自动手诛杀，而是设下一系列复杂的圈套去剥夺仇家的金钱、名誉与家人之后再对其揭露真相，他通过这种方式来让仇家内心感到恐惧、精神高度紧张、良心感到悔恨，从而实现了彻底的复仇计划。而邓蒂斯在整个复仇的过程中并没被仇恨蒙蔽双眼，剥离人性，而是通过宽恕他人完善和丰满了自己的人格，净化和升华了自己的灵魂。

---

❶ 亚历山大·仲马. 基度山伯爵. 下册 [M]. 蒋学模，译. 北京：人民文学出版社，1994：1553.

二、时空体叙事手法

除了中西方侠士复仇小说中的人物塑造有着表面的相似和根本的相异之外，《基督山伯爵》与《连城诀》这两部小说在情节的铺陈与推进上采用了较为巧妙的叙事手法，使得故事情节有序推进，叙事结构杂而不散，悬念设置妙而不俗，大大强化了读者的阅读观感，也给研究者们留下了较大的空间与较多的素材进行分析批评。本节就将运用巴赫金的时空体理论，分析《基督山伯爵》和《连城诀》这两部作品中的时空体叙事策略是如何展现复仇主题的，并探讨大仲马和金庸在作品中如何运用时空体叙事理论的"传奇时间"和"传奇世界"对小说的复仇主题进行推波助澜，即如何激化故事矛盾和助推小说情节。

1. 传奇时间

巴赫金认为骑士小说用的是传奇时间，而且基本上是希腊型的。❶而希腊型的传奇时间有一个综合的、典型的情节公式（也会存在破例和变体）。这个公式是这样的：一对婚龄男女，出身不详，带点神秘。两人都美貌异常，又纯洁异常。两人一

---

❶　巴赫金（M. M. Bakhtin，1895—1975）. 小说的时间形式和时空体形式［M］//巴赫金全集. 卷3. 白春仁，译. 石家庄：河北教育出版社，1998：346.

见钟情，势不可遏，可是他们不能马上完婚。男青年遇到了障碍，只得延缓婚期。一对恋人各奔东西，互相寻找，终于重逢。而后又失散，再相聚。恋人们常见的障碍和奇遇有：结婚前夜新娘被抢；双亲（如果有的话）不同意婚事，而给相爱之人另择配偶（虚设的对偶），恋人双双出逃，他们启程乘船旅行，海上起浪，船舶遇险，人奇迹般得救，复遇海盗，被掳关入囚室；男女主人公的童贞遭到侵犯；女主角经受战争和战斗作为赎罪被牺牲；被卖做奴隶；假死；换装、认出或认不出虚构的变情；破坏纯洁和忠贞；横加罪名；法庭审理；法庭查验恋人的纯洁和忠诚；主人公们找到自己的亲人（如果他们还未出场）；同突如其来的朋友或敌人相遇、占卜、预言、梦魇、预感、催眠草药。小说以恋人完婚的圆满结局告终。基本情节的公式便是如此。❶

　　本章将《基督山伯爵》和《连城诀》两部小说中的传奇时间契合点，即时空体典型情节公式的契合点进行了梳理和对比，详情见下表：

---

　　❶　巴赫金（M. M. Bakhtin, 1895—1975）. 小说的时间形式和时空体形式[M]//巴赫金全集. 卷3. 白春仁，译. 石家庄：河北教育出版社，1998：277 - 278.

中西侠士复仇小说 巴赫金时空体情节	《基督山伯爵》	《连城诀》
一对婚龄男女，出身不详，带点神秘。两人都美貌异常	爱德蒙·邓蒂斯（身材瘦长，黑色的眼睛，乌黑的头发；外表镇定和坚毅❶） 美茜蒂丝（神秘的移民后裔❷，年轻美丽，头发像乌玉般黑，眼睛似膛羚羊般柔润，手指像希腊古雕塑一样纤细❸）	狄云（比她大着两三岁，长身黝黑，颧骨微高，粗手大脚，湘西乡下年轻庄稼汉❹） 戚芳（十七八岁年纪，圆圆的脸蛋，一双大眼黑溜溜的，脸红得像红辣椒❺）
两人一见钟情，势不可遏	邓蒂斯："我发觉这区区不值的我，竟得到了一种分外的光荣，就是做美茜蒂丝的丈夫。"❻ 美茜蒂丝："我活着一天，就爱他一天。"❼	狄云（一生对戚芳又敬又爱，又怜又畏，什么事都跟她说，什么事都跟她商量。❽ 他单独和她在一起的时候，她高兴也好，生气也好，总是感到说不出的欢喜❾） 戚芳（她自幼和狄云一同长大，心目中早便当他是日后的夫郎❿）

---

❶　亚历山大·仲马. 基度山伯爵. 上册［M］. 蒋学模，译. 北京：人民文学出版社，1994：2.

❷　同上，第21页。

❸　同上，第22页。

❹　金庸. 连城诀［M］. 广州：广州出版社，2006：4.

❺　同上。

❻　亚历山大·仲马. 基度山伯爵. 上册［M］. 蒋学模，译. 北京：人民文学出版社，1994：46.

❼　同上，第26页。

❽　金庸. 连城诀［M］. 广州：广州出版社，2006：48.

❾　同上，第115页。

❿　同上，第43页。

巴赫金 时空体情节 ／ 中西侠士 复仇小说	《基督山伯爵》	《连城诀》
他们不能马上完婚。男青年遇到了障碍（给相爱之人另择配偶；被掳关入囚室），只得延缓婚期	被捕入狱❶，打入大牢（伊夫堡）❷ 未婚妻苦等 18 个月后嫁给了情敌费南❸	被捕入狱，打入大牢❶ 情敌万圭迎娶师妹❺
一对恋人各奔东西，互相寻找，终于重逢（假死；换装、认出或认不出；虚构的变情）	假死："既然只有死人才能自由地离开这个黑牢，那么我就来装死吧！"❻	认不出：只见一个胡子蓬松、满身血污的汉子抱住了她女儿，一只手按在她口上。戚芳这一惊当真魂飞天外，钢剑挺出，便向狄云脸上刺去，喝道，"快放下孩子！"❼ 认出：她脸上惊愕之情，实难形容。两人怔怔地你望着我，我望着你，都说不出话来。隔了好半晌，戚芳才道："是，是你么？"喉音干涩，嘶哑几不成声。❽

❶ 亚历山大·仲马. 基度山伯爵. 上册 [M]. 蒋学模，译. 北京：人民文学出版社，1994：50.

❷ 同上，第 90 页。

❸ 同上，第 326 页。

❹ 金庸. 连城诀 [M]. 广州：广州出版社，2006：45.

❺ 同上，第 55 页。

❻ 亚历山大·仲马. 基度山伯爵. 上册 [M]. 蒋学模，译. 北京：人民文学出版社，1994：243.

❼ 金庸. 连城诀 [M]. 广州：广州出版社，2006：118.

❽ 同上，第 119 页。

续表

巴赫金 时空体情节 ＼ 中西侠士 复仇小说	《基督山伯爵》	《连城诀》
	换装、认不出：落难水手❶、西班牙贵族❷、黑衣教士❸、英国银行职员❹、水手辛巴德❺、基督山伯爵❻ 认出：马瑟夫夫人一动不动地站在客厅门口，脸色苍白。❼ 他离开马瑟夫夫人的那个房间的窗帘，曾几乎令人难以觉察地动了一动。❽	

由上表可见，《基督山伯爵》和《连城诀》这两部侠士小说虽然出自中西方不同的文化土壤，但在其传奇时间中的时空体情节铺陈竟然呈现出惊人的相似之处，两部小说的情节几乎环环相扣，处处照应，这种高契合度的相似性除了金庸先生本

---

❶ 亚历山大·仲马. 基度山伯爵. 上册 [M]. 蒋学模，译. 北京：人民文学出版社，1994：253.

❷ 同上，第 290 页。

❸ 同上，第 299 页。

❹ 同上，第 331 页。

❺ 同上，第 389 页。

❻ 同上，第 467 页。

❼ 同上，第 590 页。

❽ 同上，第 593 页。

人受到西方侠士小说的影响较深外，还和侠士小说这种文学题材本身就具有较为明显的时空体叙事特色有关。

2. 奇特世界

除了具有传奇的时空叙事特色外，《基督山伯爵》和《连城诀》这两部中西方侠士小说里所描绘的世界也不是纪实小说中的平凡世界，而是具有浓郁历史文化色彩与传统民族特色的奇特世界。

巴赫金认为骑士文学的时空体是奇特的，不符合正常时空顺序，时空只是心理体验的一种小说叙事的呈现。大仲马公开表示过历史时间与空间只是用来挂小说的钉子，所以他的小说表面上是以真实的历史事件为基础背景，但是小说真实的时空还是以叙述者的体验为主要标准和导向。金庸先生也曾经从旁加以佐证："（大仲马的）《三剑客》并没有教我写人物。我写人物，是从中国的古典小说学习的。《三剑客》教了我怎样活用历史故事。"❶ 金庸先生所说的活用历史故事，是借鉴了大仲马虽然将小说故事设置在遥远的、真实的历史背景中，但一定会将小说的时空构架全部打乱重新设置的这一创作特色。

因为巴赫金提出惊险的事件很少会发生在周遭的社区，所

---

❶ 池田大作，金庸. 探求一个灿烂的世纪——金庸与池田大作对话录[M]. 孙立川，译. 北京：北京大学出版社，1998：85.

以冒险故事的空间应该发生在遥远的地方[1]，而创造这一浪漫与惊险的重要指标正是"时间"因素。所以，小说中的很多公式化写作，其实都是以时空体为其基础，凌驾了情节的铺陈，甚至也创造了叙述的阐释义。

以《连城诀》为例，时间都建构在与现实社会脱节的历史时间中，而地点也跟着进入异乡，以创造新奇、脱离现状及越界的心理与文化场景。但值得注意的是，即便是要进行"异乡"的新奇场景描写，金庸笔下所描写的场景仍然具有浓浓的传统中原文化特色。例如，狄云与水笙在雪谷中被困，从心存芥蒂到互相帮助的这一惊险与浪漫的场景。狄云本是湖南乡下没出过远门的质朴少年，而位于千里之外川藏之交的雪谷是"血刀老祖"在西藏的老巢，对于一路从湖北追到西川边陲[2]的各路江湖人士来说，这雪谷显然是"遥远的地方"，所以"惊险的事情"设置在这里发生是再适合不过的了。于是一开始"雪崩"[3]击退了一路追兵、"积雪封谷"[4]使得素不相识的三人聚在一起，"挥刀斩马"[5]将水笙吓得晕了过去，"落花流水"四侠大战"血刀老祖"[6]，狄云生死关头打通任督

---

[1] 巴赫金（M. M. Bakhtin, 1895—1975）. 小说的时间形式和时空体形式 [M] //巴赫金全集. 卷 3. 白春仁，译. 石家庄：河北教育出版社，1998：447.

[2] 金庸. 连城诀 [M]. 广州：广州出版社，2006：325.

[3] 同上，第 327 页。

[4] 同上，第 331 页。

[5] 金庸. 连城诀 [M]. 广州：广州出版社，2006：333.

[6] 同上，第 352 页。

二脉练成"神照功"❶。正如巴赫金所说,"在骑士小说里,连时间本身也在某种程度上变得奇特了。出现了童话或夸张的时间,一个时辰拉得很长,一天缩成瞬息;时间本身也能附上魔力;这里还出现了梦对时间的影响,也就是出现了梦境所特有的颠倒时间的特殊情况。"❷

由于大仲马认为历史是作者用来挂小说的钉子,所以他的作品多以历史传奇小说为主。而读者通过阅读这种使用传奇时间和奇特空间进行叙述的传奇小说,便可以在小说所营造的奇特世界中纵横驰骋,找到身临其境的时空穿越感和代入感。大仲马将小人物的时空视觉角度大胆调整和随意摆布,通过典型主人公所经历的种种奇遇,还原出当时法国波澜壮阔、栩栩如生的大历史时空背景。

如在《基督山伯爵》中,大仲马将小说故事时间设置在拿破仑称帝前后,真实的历史是在1851年2月底,拿破仑秘密筹划从厄尔巴岛逃到法国,集结军队把复辟的波旁王朝推翻。3月20日,拿破仑成功称帝,"百日王朝"走上历史舞台。6月18日,拿破仑在滑铁卢被击败,然后被流放到圣赫勒拿岛,波旁王朝再度复辟。而《基督山伯爵》故事的开始,就恰巧设置在"百日王朝"前一个月,即拿破仑开始密谋时。

---

❶ 金庸. 连城诀 [M]. 广州:广州出版社,2006:393.

❷ 巴赫金(M. M. Bakhtin,1895—1975). 小说的时间形式和时空体形式 [M] // 巴赫金全集. 卷3. 白春仁,译. 石家庄:河北教育出版社,1998:350.

当时有一艘"法老号"远洋货船途经厄尔巴岛，爱德蒙是船上的大副。在船到达小岛之前，老船长便去世了。临终前，老船长嘱咐爱德蒙把船开去见拿破仑。爱德蒙与拿破仑见面后，拿破仑秘密委托爱德蒙将一封密信送往巴黎。而在爱德蒙逃出监狱后，时间已经过去十多年，而拿破仑时代早已成为悠远的历史了。在大仲马的小说创作中，历史上这个真实的送信人到底是谁并不重要，他只要"有个性"，又具有"代表性"❶，然后活动在一个"似乎是用一块整料雕出的，两者之间没有裂痕"的"奇特世界"❷里，就满足了骑士小说对于主人公的时空体设置。正如巴赫金所言："在奇特世界的时空体里，与主观地摆布时间、破坏起码的时间比例相对应的，还有同样主观地摆布空间、同样破坏起码的空间关系。"❸

可见，虽然两位作者同样都是要架空历史，将小说的某些场景放到一个没有正常时间和空间逻辑的"奇特世界"中，但是金庸笔下的"奇特世界"是中国川藏之交的白雪皑皑，而大仲马笔下的"奇特世界"却是法国大革命背景下的动荡不安。

---

❶　巴赫金（M. M. Bakhtin, 1895—1975）．小说的时间形式和时空体形式[M]//巴赫金全集．卷3．白春仁，译．石家庄：河北教育出版社，1998：348.

❷　同上，第349页。

❸　同上，第350页。

三、小结

综上所述，金庸的武侠小说《连城诀》与大仲马的《基督山伯爵》确实存在许多相似之处，如侠士与复仇的主题、类似的人物关系与时空体叙事手法等。金庸曾就读于位于重庆的原中央政治大学外交系，熟读过大量西方文学作品，所以西方作家对他的影响是显而易见的。特别是在创作小说《连城诀》时，他自己也承认受到了大仲马小说《基督山伯爵》的影响。❶

这种现象在比较文学变异学中被认为是一种文化过滤，即"跨文化文学交流、对话中，由于接受主体不同的文化传统、社会历史背景、审美习惯等原因而造成接受者有意无意地对交流信息选择、变形、伪装、渗透、创新等作用，从而造成源交流信息在内容、形式发生变异"。❷

事实上，金庸的《连城诀》虽然在一定程度上受到大仲马《基督山伯爵》的影响，但这部小说更有着主体自身独特的异质性和变异性。金庸的小说内容创作更主要的是来自作者渊博的中国古典文学知识、深厚的中华传统文化底蕴和巧妙的

---

❶ 池田大作，金庸. 探求一个灿烂的世纪——金庸乌池田大作对话录 [M]. 孙立川，译. 北京：北京大学出版社，1998：79.

❷ 曹顺庆. 比较文学学 [M]. 成都：四川大学出版社，2005：273.

中西融合的叙事手法。作为使旧武侠小说脱胎换骨和开辟武侠小说新时代的文学大家，金庸的作品在语言运用、人物塑造、叙事结构上都力求变革，大量吸收并运用了"五四"新文学运动与西方经典文学作品的长处。

　　本章在比较文学变异学视域下，结合了跨文明研究的相关理论，通过文本细读和对比分析，探讨了中西方侠士复仇小说《连城诀》与《基督山伯爵》的同质性、异质性和变异性、互补性。本章先实证性地阐述了《基督山伯爵》对《连城诀》的影响，再分析了《连城诀》在金庸作品中的异质性与变异性，得出了以下结论：《连城诀》的内容创作更多的是来自金庸渊博的中国古典文学知识、深厚的中华传统文化底蕴和巧妙的中西融合的叙事手法。也就是说，金庸在将西方侠士小说中类似的情节和人物进行本土化和再创造的过程中，对西方侠士小说进行了全方位"东方化"的变异处理，以符合中国人的传统审美情趣。《连城诀》很好地融合了东方的武侠文化精神并结合了西方的时空体叙事手法，与《基督山伯爵》相比有相似，更有变异，甚至超越；与传统的旧式武侠小说相比，大大提高了武侠小说的审美品位和文学地位。

第二章　变异学视域下的中外灾难文学"惩戒"主题研究

从古至今，灾害在人类漫长的发展历史中一直存在。各种学科对灾害的定义也不尽相同。例如，灾害可以是自然要素在其运动中发生的天灾，也可以是由自然和社会原因造成的妨碍人的生存和发展的突发事件，还可以是各种造成生命财产损失的自然现象和人类行为，或者是人失去控制违背自然规律而造成的人祸。总之，灾害是对能够给人类和自然环境造成破坏性影响的事件的总称。

灾难总是不能预测地突如其来，极度残忍地剥夺一个又一个活生生的生命，是人的力量所不可违抗和逆转的。而灾难文学则是对这些具有极大破坏性影响的突发灾害进行描写、反思和预测的文学形式。灾难文学的核心部分是灾害本身。在灾害的背后似乎有一种肉眼可见的有形力量（如洪涝、瘟疫），又似乎有一种神秘莫测的无形力量（如神祇惩戒）。这种隐身的但无处不在的神力总能精确地给予人类致命一击，并能冷面无情地破坏既有的人类社会秩序。人类在灾难面前被逼迫到生存的极限边缘，无可奈何地面对生死攸关的严肃问题。而只有在这个时候，人类才会对生命和死亡展开深刻而悲痛的反思。在这样一种由外部不可预知的力量转变成为拷问人类内心深处的巨大动力的时刻，人类僵化麻木的思维系统才能够被激活，人类开始扪心自问生存的意义、现状和未来。

　　作为一种常见的文学类型，灾难文学有可能是非虚构的（nonfiction），也可能是虚构的（fiction）。许多古今中外的文学作品都对不同的天灾人祸进行了不同视角、不同层次和不同方式的讲述。值得注意的是，不管是在中国的灾难文学作品中，还是在西方的灾难文学作品中，都存在人类和（自然）神力的抗衡与斗争。这种在灾难文学中挥之不去、不可避免的人神关系是值得我们关注和研究的。因为神话故事都起源于每个文明的最开端，蕴含着充沛丰富的文明基因。可以说，当今的中外灾难文学都是在继承了各自文明基因的基础上进行的发展和变异。正如人类的 DNA 是从远古时代的原始人身上继承下来的一样，每种文明的基因序列也是从远古神话传说中继承下来的。只要人类的文明存在，就可以从当前的任何一种文化作品中找到潜在的基因序列。

　　西方文明的源头是"两希"文明，即希伯来文明和希腊文明。希伯来文明起源于中东的两河流域，希腊文明起源于爱琴海海域的克里特岛。中华文明的源头则是中华民族的母亲河——黄河。黄河流域孕育出了中国最古老的神话传说。在人类整体的发展史中，不同文明发源地是处于地球上不同经度和纬度的。经纬度的不同，造成了文明发源地的气候、地貌、资源的不同。不同的当地自然条件形成了各地不同的风土人情与文化习俗，也形成了不同文明的迥异特色。人类文明在经历了沧海桑田的岁月变迁之后，逐渐形成了我们当下这个容纳多元文明的世界。

　　每个文明的文化起源都是以神话传说的文学形式开始的。神话作为文明和文化的重要组成部分，是探索中外文化基础和文明根源必不可少的关键因素。因此，我们开展对中外灾难文学作品的神话主题研究，就是希望在中外文学作品中找到各自的文明遗传基因，从而进行中外灾难文学作品的深层次比较。

　　本章将分为两个部分：第一部分是对"两希"神话和中国神话中的人神关系进行梳理和比较，并试图找出它们之间的差异性和这种差异性的根本性质。第二部分在第一部分的基础上，对中外神话中的"人神关系"做进一步的细分。笔者将视线聚焦在人与神的"惩戒"关系上，采用部分经典中外文学中的实例来进行分析，并试图对中外文学作品中"惩戒"的相似与相异之处做出变异学视域下的比较说明。

一、希腊神话、圣经神话和中国神话中的人神"惩戒"关系

　　从古至今，人类关于"神话"的定义有很多，历来没有

统一的定论。"神话"这个术语是个"舶来品"。希腊语中的
"神话"(Mythos),本义为寓言;但最近几十年各国学术界在
使用这一术语时,一般指"人类童年时代对天地宇宙、人类
种族、万事万物来源的探讨,和对祖先伟大功业、重大历史事
件的叙述"。神话,是关于神仙、神灵、神怪、神鬼、神人的
故事,这些故事的主角往往是各种各样的神祇,故事的情节往
往具有超现实的色彩。由于希腊神话与圣经神话均属于西方文
明圈的神话,所以笔者首先采用传统的平行研究方法对这两种
神话进行比较研究。然后,笔者再将属于不同文明圈的中国神
话与希腊神话、圣经神话进行变异学视域下的比较研究。笔者
将同一文明圈的平行比较和跨文明圈的变异比较放在一起,目
的在于:第一,可以清晰而明显地观察到中西方不同文明中神
话作品的不同文化基因和传承方式;第二,可以进一步对比较
文学"平行研究"和"变异研究"这两种研究方法和研究理
论进行操作过程对比和案例分析实践。

首先来看希腊神话与圣经神话。由于这两种神话的发源地
和发展区域均属于西方文明圈地域,所以不存在跨文明圈之
说。由于希腊神话与圣经神话在是否存在影响关系问题上尚且
存在争议,因此,在比较文学的传统方法中,美国学派的平行
研究是一种比较适合的研究方法。西方文明在整个人类文明中
占有重要的地位,西方文明的核心是由"两希"文明构成的:
一个是希伯来文明,也就是犹太人创作的《圣经》,它是西方

文明进程的灵感源泉之一；另一个是比希伯来文明更为古老的希腊文明，辉煌灿烂的希腊文明有很多成就，但这众多成就的种子都包孕在它的神话史诗中。所以，要想了解人类文明，我们必须追根溯源，回到它们的源头去。通过它们最初的神话、史诗、经籍，我们就能把握这个文明的价值准则，从而洞见文明社会的行为内在规范。通过对这两大文明初期的同一种文学形式——"神话"的比较研究，我们也许会从一个新的角度看到，人类初期文明在其后文明成熟的过程中所发挥的重要作用。

《圣经》中的神话主要集中在《旧约》前十一章，如创世造人神话、伊甸园神话、大洪水神话、巴别塔神话等，在其后的先知书中也有些神话片段，由于比较零碎，故本书暂且不讲。圣经神话的源头繁多，1956 年，苏美尔学者 S. N. 克莱默通过对苏美尔人的天堂神话与《圣经》里的天堂故事进行比较，得出了一个惊人的结论：《圣经》中的天堂神话故事源于苏美尔。他提出的最有说服力的理由，即认为夏娃取自亚当肋骨之说，实际上源于苏美尔神话。

而希腊神话是古希腊人在原始氏族社会阶段所创造的民间口头文学，经历了希腊原始社会几百年的漫长时期。在奥林匹斯山上的众神的传说里，我们能感受到西方人生龙活虎、自由奔放、享受人生的个性。通过希腊神话，我们能直观地、形象地感受到西方社会的种种隐秘奥妙之处。希腊神话中，最为伟大的是双目失明的"西方诗圣"荷马的两大史诗著作《伊利亚特》和《奥德赛》，其他一些神话则显得芜杂不清。19 世纪德国浪漫派诗人古斯塔夫·斯威布（Gustav Schwab，1792—1850）以德国人特有的严谨和系统精神，编撰了情节完整、谱系清晰的《希腊神话和传说》。从 19 世纪开始，直到今天，他的这部著作一直是世界上最通行的希腊神话读本。

　　在人神"惩戒"关系，即神对人的惩罚及救赎这点上，《圣经》里的所有契约都是上帝对人类提出的宗教和道德命令，它们规定了什么可做，什么不可做。如果人们遵守这些命令，他们就有福了，可以得到永恒的快乐；反之，一旦人类违反这些规定，《旧约》中的上帝就会发动洪水或降下天火硫磺来扫荡这些败坏了世界的生物。然后，上帝为了重造一个世纪，就提前告知了义人诺亚，并像规定行为准则一样，不厌其烦地、面面俱到地给诺亚描述了帮助其逃生的方法、用具、协同物品以及怎样制作必备物品。上帝在这里充当了一切人类历史和道德价值的制定者和裁判者。上帝是造物主，又是一切生活准则的制定者和裁判者。从能力上说，他能做任何事情，所以是全知全能的；从道义上说，他可以做任何事情，所以是超出一切善恶规范之上的。反之，人不是全能的，有许多事情没有能力去做，甚至说人是弱小的，必须听从依附于上帝，才能生存。人是没有自己的智慧和判断能力的，判断"义人"的标准，只是能否完满地执行上帝的一切规定。

在希腊神话中，也有洪水毁灭人类的记载。在人类的青铜时代，世界的主宰宙斯不断地听到这代人的恶行，他决定扮作凡人降临到人间去查看。化作凡人的宙斯被阿耳卡狄亚国王吕卡翁的残暴所激怒，不仅将他变成了一只嗜血成性的恶狼，还决定根除这一代可耻的人，用洪水灭绝人类。人类中最善良的普罗米修斯的儿子丢卡利翁事先得到父亲的警告，造了一条大船。当洪水到来时，他和妻子皮拉驾船驶往帕耳那索斯。洪水退去后，他们向神询问，如何创造已经灭亡了的一代人类，帮助沉沦的世界再生。神让他们把母亲的骸骨扔到他们的身后去。两个人听了这神秘的言语，莫名其妙。但皮拉首先打破了沉默，说："高贵的女神，宽恕我吧。我不得不违背你的意愿，因为我不能扔掉母亲的遗骸，不想冒犯她的阴魂！"但丢卡利翁顿时领悟了，对妻子说："女神的命令并没有叫我们干不敬的事。大地是我们仁慈的母亲，石块一定是她的骸骨。皮拉，我们应该把石块扔到身后去！"奇迹出现了：石头突然不再坚硬、松脆，而是变得柔软、巨大，逐渐成形，人的模样开始显现出来。

在这段希腊神话中，可以看出至少两处与《圣经》的不同之处：第一，新人类的重生，是由人类自己向神要求和亲手制造的。宙斯只顾毁灭，不顾重建。如果不是聪明的丢卡利翁提前领悟了洪水将至的警告，自己造了只大船逃往帕耳那索斯山，恐怕人类会一个不剩地全部毁灭。第二，人类有自己的知识智慧和道德标准，敢于违抗神的不符合自己伦理道德的神谕。神不是唯一的拥有智慧者，不是唯一的行为规范者。连神告诉他们的造人的方法，也不是清晰详尽的，而是神秘模糊的，是人类靠自己高超的领悟能力理解到的。

关于人神关系的思考，还有两个典型的故事值得探究，那就是古希腊神话中的《俄狄浦斯王》和《圣经》中的《约伯记》。

在《俄狄浦斯王》的故事中，俄狄浦斯被塑造成一位为国家负责、对人民有担当的至高无上的王。他智慧超群，勇气可嘉，不畏妖魔，并且最后为百姓斩妖除魔，挽救了城邦："俄狄浦斯听到这隐谜微笑着，好像全不觉得为难。'这是人呀！'他回答。'在生命的早晨，人是软弱而无助的孩子，他用两脚两手爬行。在生命的当午，他成为壮年，用两脚走路。但到了老年，临到生命的迟暮，他需要扶持，因此拄着杖，作为第三只脚。'这是正确的解答。斯芬克斯因失败而感到羞愧。她气极，从悬崖上跳下摔死。"❶他品质崇高，勤于政务，治理有方，百姓安居乐业，作为国王深受人民的爱戴："俄狄浦斯虽然有着罪过，却是一个纯良而正直的国王，他与伊俄卡斯忒共同治理忒拜，很得到人民的爱戴和尊敬。"❷而且，他还珍爱家庭，不仅与王后彼此深爱，还拥有两对可爱的儿女：

❶ 斯威布.希腊神话和传说：名著名译插图本［M］.楚图南，译.北京：人民文学出版社，2004：172-173.

❷ 同上，第173页。

"她为他生了四个孩子：最先是双生的两个男孩厄忒俄克勒斯和波吕尼刻斯，其次则是两个女儿，大的叫安提戈涅，小的叫伊斯墨涅。"但是，如此优秀与幸福的俄狄浦斯在命运揭晓之后仍逃脱不了神谕的魔咒："他面对着这死尸，悲痛得不能说出一个字。最后他大声哭起来，并将绳索解开，将尸体放下。他从她的外衣上摘下金钩子，紧紧地抓住它们，高高举起，深深地戳穿自己眼睛，直到眼窝里血流如注，好让他可以不再看见他所做过的和他所遭受的一切。他要仆人们开门，并引他到忒拜人的面前，使他们可以看见这杀害父亲的刽子手，这以母亲为妻的丈夫，这大地的怪物，这神祇所憎厌的恶徒。"❶最后，俄狄浦斯希望自己被流放边境，以此来平息神的愤怒，再次挽救城邦："现在这曾经为千万人所爱戴的国王，这作为忒拜的救星而闻名世界的国王，这曾经解释过最难的谜但在解决自己生命之谜时却已太晚了的国王，如今已准备好走出他的宫门，如同盲目的乞丐一样，向他的王国的迢遥的边境走去。"❷但是，人民对俄狄浦斯的悲惨命运是饱含同情之心的，并且还抱有强烈的不满情绪，他们认为俄狄浦斯并不是有意杀父娶母，俄狄浦斯本人非但没有罪，反而是一个为民除害的英雄，一个智慧超群、热爱邦国、大公无私、受人爱戴的英雄："仆

---

❶ 斯威布. 希腊神话和传说：名著名译插图本［M］. 楚图南，译. 北京：人民文学出版社，2004：176.

❷ 同上，第177页。

人们如命将他引出，但由于人民长久对于这统治者的爱戴和尊敬，他们对于他只有同情。甚至被他不公正地责骂过的克瑞翁也不嘲笑他，或因他不幸而快乐。他忙着将这神祇所惩罚的罪人从众人的眼前带走，将他交给他的孩子们看护。"❶ 在命运面前，他不是俯首帖耳或苦苦哀求，而是奋起抗争，设法逃离"神示"的预言。继而，他猜破女妖的谜语，为民除害。最后，为了解救人民的瘟疫灾难，他不顾一切地追查杀害前王的凶手，一旦真相大白，又勇于承担责任，主动请求将他放逐。对于这样一个为人民、为国家做了无数好事的英雄所遭受的厄运，剧作家索福克勒深感愤慨，通过百姓们对待俄狄浦斯的态度发出了对神的正义性的怀疑，控诉命运的不公和残酷，赞扬主人公在跟命运的斗争中所表现出来的坚强意志和英雄行为——俄狄浦斯王，这人间的圣者，他以刺瞎自己的双目，驱逐自己于家园之外，勇敢地承担起所有历史的责任，背上了所有人类罪恶的十字架而拯救了整个家园。因为他做出的牺牲，忒拜城的百姓得救了。俄狄浦斯虽然永久地离开了家园，但是他却永久地存在于人民的心中。因为在忒拜城的百姓看来，他们的英雄是永远不会倒下去的！在残酷的命运之神面前，俄狄浦斯王证明了人是更伟大的！

　　《圣经》中的《约伯记》也是一个好人受苦的故事。《约

---

　　❶　斯威布．希腊神话和传说：名著名译插图本［M］．楚图南，译．北京：人民文学出版社，2004：177.

伯记》是《希伯来圣经》的第18本书、基督教《旧约圣经·诗歌智慧书》的第一卷,也是《圣经》全书中最古老的书籍之一。约伯这个名字的含义是"仇视的对象"。该书的形式是诗歌,书中讲述了约伯的故事:一位男人失去了财产和子女,并患有严重的皮肤病,生活坎坷。不过约伯很坚强,他的忍耐常被看做是信徒的一个榜样。书中的主题是人类受苦的奥秘和痛苦的问题。为什么所有人都受苦,又为什么特别是义人会受苦?在《约伯记》中,我们看到一个人几乎在一日之间面对多方的灾难。除了主耶稣外,约伯比任何人一生中所受的苦还多。在《圣经》的教义中,《约伯记》虽然不是一本解答所有苦难缘由的书,但它永远是信仰基督教的受苦之人获得安慰和力量的源泉。《约伯记》启示了神治理的法则,阐明神和人正确的关系,并且提醒信徒检验自己敬畏神、服侍神的动机:神所做的一切都是正确的,千万不要怀疑神的动机;对于神安排的命运要逆来顺受、安之若素;在接受了神的考验之后,神会赐予祝福。所以,《约伯记》里的人神关系和《俄狄浦斯王》中的人神关系是有着极大差异性的,这也是值得研究者们做进一步探讨与分析之处。

因此,由于人类的历史性存在有着不同民族各自的特定时空,因而希腊神话中的神与圣经神话中的神具有不同的文化特征:希腊人的神与人之间始终保持着紧密的亲属关系,神与人之间没有严格的界限,在神人同形的表象之下,神的形象也就成为人生存的写照，因而在希腊的神庙里面，奥林匹亚山上的诸神由天上来到人间，表现出了希腊文化的亲和力；而犹太人的神与人一直呈现出高度的从属关系，在神人相分的格局之中，神的高深莫测影响着人的精神状态，因而在圣殿里面，无影无踪的神在安享人的崇拜，展示了犹太文化的超越性。因此，希腊文化的交流，一直保持着神话的形态并引起与其文化特征相似的民族的直接反响；而犹太文化的传播，则需要通过宗教的方式来产生世界性的影响。与基督教相比较，希腊人的信仰并不建立在上帝的启示以及显明的教义上，它没有必须履行义务的教条。希腊宗教来源于坚定不移的信仰，信仰神祇是确实存在的。他们认为在生活中到处可以体验神的威力。古希腊人坚定地认为神是与世共存的。古代"希腊七贤"之一的哲学家泰利斯·封·弥勒特曾经说过："神充斥一切！"他指出，古代的希腊人几乎都认为世界是神祇创造并由神祇统治的。尽管哲学家们把神祇从形象到内涵都解释得十分抽象，可是这一切并不影响人们对神祇的信仰，因为对希腊人说来，没有神祇的世界是不可理喻的。认为神祇就在身旁的意识逐步发展，最后成为希腊宗教。

希腊神话中的神祇和人类一样爱美、享乐、斗争，有浓郁的人情味，即"人神同形同性"。希腊神话所开创的这种青春、热烈、强健、入世的文学风格极大地影响了希腊文化，以及后世的欧洲文学风格，在破除中世纪沉重枷锁的文艺复兴时期，希腊文化精神起到了文化风向标的重要作用。相反，圣经神话中的神和人类克己节欲、行善得报、遵守规范、杜绝恶行、刻板严肃，在这样的文学风格影响下，产生了后来的《忏悔录》（奥古斯汀）、《失乐园》（弥尔顿）、《天路历程》（班扬）、《神曲》（但丁）、《浮士德》（歌德）等许多著名的宗教文学或与宗教相关的文学作品。

然后，我们再来看不同于西方文明圈的中国神话。我国神话学研究泰斗袁珂先生认为，中国自古以来就不存在神话这样一个词，而神话这个词是近世纪从外国输入中国的。在远古时代，中国神话就开始进入萌发期。但在后人的考察中，发现中国神话最早的文字记载是在上古时期的著述《山海经》里。相对于比较完整的西方神话，中国神话只是零散地分散在历来文学作品记录之中，并且随着时代的变迁不断地被补充、修缮和改写。相对于希腊神话里栩栩如生的神祇形象和圣经神话中单一刻板的神祇形象，中国神话中的神祇形象比较模糊，而且往往来源于现实中的具体历史人物。如果说希腊神话是为了彰显神与英雄独具魅力的性格，那么圣经神话则是让人感知神祇的威慑和霸权，而中国神话却在一定程度上是对真实中国历史的侧面反映，即通过神化历史发展和历史人物来对黎民百姓进行教化与敦促。

因此，中国神话中的人神关系，更像是人与大自然的关系。这种关系不像是西方的"人神对立"关系，即一种典型

的西方二元对立、不可调和的紧张关系。中国神话中的人与
"神"（大自然）的关系秉承了中华民族传统的"天人合一"
哲学思想——人与大自然虽然矛盾重重，但是最终是可以以某
种特殊的方式相互妥协和和谐共存的。而这一点恰恰是中国神
话与西方神话的最大不同之处。所以，在接下来的中外灾难文
学"惩戒"主题比较中，笔者将对西方灾难小说进行"惩戒"
神话传统叙事模式的深入剖析和探讨，然后对中国灾难小说不
同于西方神话叙事模式的原因进行变异学视域下的进一步
思考。

二、中外灾难文学的"惩戒"主题比较

在分析了中外神话中的人神"惩戒"关系之后，笔者将
对中外灾难文学中的"惩戒"主题进行深入探索。在各类神
话中，虽然高高在上的神祇拥有无限权力和无限神力，所以常
常过度使用自己的神力，在有意或者无意中给芸芸众生造成了
巨大的伤害。因此，在普罗大众中渐渐滋生了对神祇的怀疑和
反抗情绪。而这种怀疑和反抗情绪在神话作品中的表现就是：
出现了敢于反抗神祇的、具有神力的"超人"。这种"超人"
不是高高在上的神祇，但他们拥有普通人不具备的"神力"。
他们有可能是神与人的后裔。袁珂先生也特别提到了这一点：
"在希腊有普罗米修斯；在中国，有射太阳的羿，窃取天帝的

息壤来治理洪水的鲧和继承他的事业的禹。如果要再把'叛徒'们的队伍扩充一下，古代的那些巨人：蚩尤、夸父和刑天，扯起反字旗，和统治者闹别扭，也都有宁死不屈的气概。像这样一些英雄的神话，正反映了阶级社会的被统治阶级与统治阶级之间的斗争，因此我们可以说是人的世界向神的世界的投影，神话实质上也可以看作人话。"❶

哪里有压迫，哪里就有反抗。哪里有反抗，哪里就有惩戒。神话中的神祇过惯了高高在上的神仙日子，眼里哪里容得下卑微如蝼蚁的人类反抗？所以，被激怒的神祇们开始了一系列的报复行为，这就是笔者接下来将要探讨的"惩戒"神话主题。在人神关系尚好，即人神共处相安无事的时候，是不存在"惩戒"行为的。那什么时候会出现人神关系破裂后的"惩戒"行为呢？往往是人类的恶行泛滥惹怒了神祇，因此人类遭到神祇的严厉"惩戒"。在本章的第一节中，我们讨论了希腊神话、圣经神话和中国神话中"神对人类的惩罚和救赎"，即人神之间的"惩戒"关系。接下来，我们将在中西方的经典文学作品中去找寻这些具有"惩戒"主题神话故事的蛛丝马迹，并对它们进行变异学视域下的比较分析。

1. 西方灾难文学中的"惩戒"主题

当人类面对从天而降的莫名灾难，面对不可抵御的困难，

---

❶ 袁珂. 中国神话传说［M］. 上册. 北京：人民文学出版社，1998：5-6.

面对精神折磨和肉体死亡所造成的恐慌时，必然会引发灵魂深处的震撼、激荡与反思。灾难迫使濒临死亡的人类提早感受到死亡恐惧，以至于激发了人类对生命产生的意义、人与大自然的关系以及是否存在超自然力量等问题的深入探索。而灾难文学中的"惩戒"神话主题就是在这样的探索中产生的。

圣经神话和希腊神话中存在许多神祇对犯了错误的人类进行惩罚和救赎的故事。这些神祇对人类的"惩戒"故事既是对早期文学作品的传承和延续，又为后世的文学创作造成了极为深远的影响和浸润。因此，我们可以在西方历来的许多文学作品中看到这样一些似曾相识的"惩戒"主题。

希腊神话或传说大多来源于古希腊文学，如《荷马史诗》中的《伊利亚特》和《奥德赛》。《荷马史诗》产生于公元前11世纪到公元前9世纪的迈锡尼文明。那个时候就出现了描写人神混战的巨大战争场面，例如希腊神话和传说中最有名的故事特洛伊战争。而在《荷马史诗》出现两千多年前的巴比伦时期，西方文学中就曾经出现过描写人类面临世界末日的巨大灾难的文学作品——《吉尔伽美什史诗》（*The Epic of Gilgamesh*）。这部产生于公元前两千多年的英雄史诗讲述了天神引发洪水降罪于人类的故事：天神为了惩罚纵欲过度、整日吵闹的人类，制造了前所未有的大洪水试图毁灭人类。只有讲述人的先祖因提前得知了这个消息，所以有时间建造大船，然后在灾难发生当日逃到船上得以存活。在公元前13

世纪至 6 世纪的希伯来文学代表作《圣经》(《旧约》) 的记载里,也有一个上帝为了惩罚人类从而制造洪水灭世的灾难故事。不过《圣经》里的故事更具有警世意义。《圣经》里的洪水故事的不同之处是:上帝是为了惩罚人类的腐败和邪恶才制造洪水的,而不是因为人类打扰到自己;而相同的是,只有具有善念的人才可以乘方舟存活下来(不过圣经的这家人叫作"诺亚",而救赎他们的船叫作"诺亚方舟")。由于是绝对的好人或者是绝对善良的人才可以存活,所以在后来的末世灾难文学里,专门描写人为灾难的小说也秉承了这样一种"警世"的神话故事精神。1348 年,意大利的佛罗伦萨发生了一场可怕的瘟疫,昔日美丽繁华的城市,变得坟场遍地,尸骨满野,惨不忍睹,这给意大利作家薄伽丘以深刻影响。为了记下人类这场灾难,他以此为背景,写下了传世名著《十日谈》。

近代的经典灾难小说《最后一个人》(*The Last Man*) 在 20 世纪 60 年代引起了学术界的热评。该小说的作者玛丽·雪莱 (Mary Shelley) 将书中的背景设置在一个瘟疫肆虐的世界,最后瘟疫毁灭了世界,只有叙述者一人活了下来。小说除了表现出作者对医药滞后于流行病所产生的现实忧虑,还表现出了对西方古代"惩戒"神话主题的传承。

美国作家菲利普·罗斯 (Philip Roth) 是最能代表美国现代文学的重要作家之一,在他的作品中充满了对西方神话精神的秉承与对人性善恶的反思。因此，笔者将从他的封笔之作《复仇女神》（*Nemesis*）入手，去探索这位当代美国作家对西方"惩戒"神话主题的思考，并进一步窥探这位美国犹太小说家在作品中对基督教信仰的继承与疏离（神对人的惩罚及救赎），以及对古希腊宿命观的传承与反思（"巴基"角色的希腊神话原型——"俄狄浦斯王"）。

该书叙述了 1944 年夏天于美国新泽西州纽瓦克小镇（Newark，New Jersey）爆发的小儿麻痹症（polio）疫情。作者罗斯在 *Zuckerman novels*、*Roth novels*、*Kepesh novels* 系列之后又推出了新的系列：*Nemeses*：*Short Novels*，由四篇作品构成，它们分别是：*Everyman*（《凡人》）（2006）、*Indignation*（《愤怒》）（2008）、*The Humbling*（《卑贱之人》）（2009），以及 *Nemesis*（《复仇女神》）（2010）。作为 *Nemeses*：*Short Novels* 的压轴作品，《复仇女神》不仅被认为是这一新系列的点睛之笔，而且还被认为是连贯罗斯早期未成系列作品❶的关键所在，所以它一经出版就引起了美英等国文学界的极大的关注与众多评论。其受欢迎的原因就在于——小说对古代"惩戒"神话主题和叙述方式的模仿与致敬。小说通过两个叙述视角的

---

❶　也被称作 Other novels 系列，包括以下作品：Goodbye，Columbus（1959）、Letting Go（1962）、When She Was Good（1967）、Portnoy's Complaint（1969）、Our Gang（1971）、The Great American Novel（1973）、My Life As a Man（1974）、Sabbath's Theater（1995）. http：//en. wikipedia. org/wiki/Philip_Roth.

转换，不仅使悬念设置更具张力和技巧性，而且引起了读者对人存在价值的终极思考。

《复仇女神》和古希腊神话《俄狄浦斯王》在叙述的顺序和悬念的铺陈上几乎如出一辙。而悬念将吊起读者的胃口，往往会在故事的最后给读者以极大的震撼。在古希腊"惩戒"神话中，这样的震撼常常能起到教化和震慑百姓的极好效果。正如美国剧作家威·路特在《论悬念》中所说："戏剧性故事的讲述者运用更有诱惑力的技巧……来吊你的胃口……从广义上讲，他埋下一颗炸弹，这颗炸弹可能是物质的，也可能是感情的，然后把它留到最后爆炸。就这样，他把戏剧中的能量释放出来，这种能量就是悬念。"❶ 悬念是文艺欣赏过程中的一种心理状态，是鉴赏者在阅读、收听或观看叙事性文学艺术作品时出现的关切故事和人物命运的悬系惦念的期待心情，威·路特指出悬念具有"炸弹"般的诱惑力和"能量"般的艺术感染力，是一种能显著增强文本结构张力的叙事技巧。总之，悬念是作家在处理情节、设置冲突、展示人物命运时，利用观众对未来情节的关切和期待心情，在文本中所做的悬而未决的处理方式。它通过人物性格刻画或者心理剖析来增强作品的艺术感染力，提高读者兴趣，集中读者的注意力，引导读者进入剧情发展，是传统叙事中情节张力的一个主要来源。例如，在

---

❶ 转引自周健、王培铎. 论悬念的焦点［J］. 大连教育学院学报，2000，(6).

希腊神话《俄狄浦斯王》中，作者索福克勒斯就设下了一个几乎完全反转剧情与主题的巨大悬念。而在《复仇女神》中，罗斯在前人的基础上，更是采用了新的悬念设置手法：通过叙事者身份的转变来达到对悬念的巧妙新颖的设置和顺理成章的揭示。

在这篇长度仅为中篇的小说作品中，罗斯在小说的前半部分留出了足够的空间，用了 280 页描写巴基在疫苗还没被发明之前，是怎样面对这一场发生在仲夏之际的、改变许多人生命轨迹的巨大瘟疫灾害。小说从这里开始就称呼巴基为"康托尔先生"，表明是另外的一位从未在小说前半部分中露过面的成人叙述者（只在小说的后半部分出现）在一定程度上用儿童的视角叙述对康托尔先生的回忆。罗斯采用独特的儿童视角叙述方式让读者了解到小说中的主人公康托尔先生对自己职责的尽心尽力、鞠躬尽瘁。虽然被精心照顾，但孩子们还是不断地患病、死亡。而这场可怕的瘟疫时时刻刻都在考验着当地居民的凝聚力。巴基将自己的工作视作"自己的第二次世界大战"，他在这场可怕的瘟疫中始终保持着冷静的态度；因为他知道面对灾难来临，孩子们更需要的是内心的稳定，于是，巴基为孩子们组织了一场小型运动会，甚至当一些孩子生病和死亡的时候，他依然和有关瘟疫传播的谣言相抗衡。罗斯是个犹太教徒，但他对宗教只是一种漠然的态度，在经历这场瘟疫之后，他不免对上帝这场"疯狂的残酷行为"表示质疑甚至抱怨，为什么要让那么多纯洁无辜的孩子死去？这一部分文字中的主人公"巴基"的人物设置和希腊神话中俄狄浦斯王的人物设置几乎一样，都是完全正面的人物角色。他们全心全意、满腔热忱、不辞辛劳、勤勤恳恳地为了周围受苦受难的人们而忘我工作。例如，在希腊神话中，面对受灾百姓的请求，俄狄浦斯王就说过这样饱含深情的话语："'我的可怜的孩子们，'俄狄浦斯说，'我明白你们的祈求。我知道你们正陷于疾病。我的心情比你们更悲痛，因为我不是为一两人悲哀，而是为全城悲哀。你们来这里对于我并不是突然的，因为我并没有熟睡！我深虑你们的忧患，正设法补救，我想我终于找到了办法。我已派遣我的内弟克瑞翁到得尔福去请求阿波罗的神谕，问问这城要如何才可以得救！'"❶

在这一章节的叙述进程中，某些部分是严格基于客观历史的虚构，有些部分则是含有不可预料的道德寓意的虚构。罗斯在小说中设置了更多美好的正面人物角色，用以增加故事的张力表达。玛西亚的父亲是一位医生，他告诉巴基："错位的责任心是一种使人变得虚弱的东西。"他的安抚和劝慰使巴基渐渐平静下来。然而，随着谣言的扩散，纽瓦克市歇斯底里的人数激烈增加，面对这样的危险状况，巴基似乎不再能坚持下去了。幸运的是，巴基的女朋友玛西亚从宾夕法尼亚打来了电

---

❶ 斯威布. 希腊神话和传说：名著名译插图本 ［M］. 楚图南，译. 北京：人民文学出版社，2004：173.

话，这个电话开启了巴基的新生活。但是，谨遵祖父严厉教诲的巴基拒绝了玛西亚的好意邀请，因为他觉得他的学生更需要自己。此刻，在美国国内，关于诺曼底登陆或者太平洋战争的消息不断刺激着人们脆弱的神经，国内的政治媒体宣传让包括巴基在内的所有人意识到：非常时期的召唤需要非常人的牺牲，国家鼓励大家积极参战，支援前线。尽管如此，面对着不断的血腥战争新闻的轰炸，巴基一直以来坚守的信条在某一天轰然崩塌，他终于打电话答应了女友玛西亚的邀请，他决定离开他的孩子们从而解救自己。"我是怎么做出刚刚这个决定的呢？"他挂断电话之后喃喃自语道，但是显然他也不知道答案。

正如玛西亚所承诺的那样，在夏令营里欢快的孩子们整天都在印第安山上无忧无虑地嬉戏玩耍，那里是块天赐的福地，环境自然清新，没有疾病的困扰，远离欧洲战场的硝烟和小儿麻痹症的肆虐。这时，文本的叙述者开始使用"巴基"这个称呼，而不再使用"康托尔先生"了。叙述者对主人公称谓变化的用意就是提醒读者，男主人公还只是一位 23 岁的年轻小伙子；而处在这样一个尴尬年纪的人往往会犯下些许错误，有些错误是可以被原谅的，而有些错误却是致命的、不可挽回的，但又能怎样呢？毕竟他只是个年轻小伙子，离开了儿童世界的"康托尔先生"在成人的世界里只是 23 岁的"巴基"。同一个故事可以由不同的叙述者来叙述，而由谁来叙述、如何叙述正是作者布置悬念的先兆，从这个意义上说，叙述者的突然转变正是罗斯开启悬念揭秘的起点。正如《俄狄浦斯王》的故事叙述顺序一样，前面铺设的所有悬念在预言家说话的那一刻起，就要揭晓了。

《复仇女神》文本结构巧妙，悬念迭出，在读者阅读文本的互动过程中需要经历一个曲折婉转的"文字游戏"。正如法国批评家罗兰·巴尔特（Roland Barthes）在著作《文本的快乐》（*The Pleasure of the Text*，1973）中认为，读者了解到的是一种受虐的激动，即感到阅读者自我被粉碎和消散在作品本身的种种纠缠纷乱的关系网之中。很明显，罗斯的这部作品通过新颖的、充满悬念的巧妙手法出色地做到了这一点。巴基在夏令营中和女友一起愉快地工作，表面上的一切都看似十分美好，直到灾难的来临：作者罗斯十分冷静地、不动声色地将长时间做好铺垫的巨大灾难骤然带到读者的面前。而这个在小说中隐藏了很久的秘密就是：原来是巴基自己携带并传播了小儿麻痹症的病毒！更具体地说就是，巴基是医学统计中所谓的罕见带菌体质——一个无病理特征的被感染带菌者！而在巴基照顾之下得病并死去的孩子们，很有可能就是被巴基身上的病菌所传染。当然，与巴基握过手的那个智力缺陷者也在劫难逃。不仅如此，当巴基决定逃离充满瘟疫与死亡的纽瓦克市后，他也将瘟疫病毒带向了生活在田园牧歌式美好生活中的无辜的人们，而那里的人们认为自己是安全健康的，他们对瘟疫的即将来临一无所知。当读者们读到这里，就能够明显地看出主人公

"巴基"人物角色设定的神话原形——希腊神话中的"俄狄浦斯王"。俄狄浦斯的悲剧是古希腊神话传说中最具感情色彩的悲剧，俄狄浦斯越是想逃避命中注定的杀父弑母的不幸，越是更深地陷入悲剧命运的魔圈，他对命运的逃避与抗争只不过是一次次悲剧性的努力。

　　与前半部分叙述的慢慢推进相反，小说接下来将这个悬念快速地解开了：当巴基来到夏令营不久后，小儿麻痹症的传染就爆发了。巴基自己去做了测试，才知道了这个恐怖事实的真相，他被这样残酷的事实彻底击垮了。在经过一段时间的住院治疗之后，他被允许出院。女友玛西亚依然想嫁给巴基，但是被他拒绝了，他宁愿承受苦痛的孤独终老，以获得内心的救赎。这又和俄狄浦斯王的选择一模一样："他自己由于罪上加罪，愿意被放逐出国，再到过去他被父母弃置的喀泰戎山地上，或生或死，全听命于神意的安排。于是他将他的两个女儿叫来，抚摩着她们的头，作最后的诀别。"❶

　　在《复仇女神》中，伤心的玛西亚对巴基说："一直以来，你都觉得自己担负着重大的责任，可事实上你并没有。对于你的孩子们，你认为是上帝应该肩负的责任，或者是你——巴基·康托尔应该肩负的责任，可是事实上，上帝和你都没有肩负起你所谓的'责任'。你对于上帝的态度是幼稚的，它只

_____

❶　斯威布. 希腊神话和传说：名著名译插图本 [M]. 楚图南，译. 北京：人民文学出版社，2004：177.

是愚昧!"巴基回答说:"听着,你所谓的上帝并不是我的喜好,所以别把他牵扯进来,他对我太刻薄,他花费了大量的时间去谋杀无辜的孩子们。"玛西亚愤怒地说:"你说的那一切也都没有意义!因为是你传播了小儿麻痹症病毒,你没有资格说这些荒谬的事情!你对上帝是怎么样的一无所知!没有人知道也没有人能了解!"玛西亚的这些话振聋发聩,也正好回应了圣经故事《约伯记》里的说法。在故事中,主人公约伯一开始相信天上有神,敬畏神,在生活中努力行善帮助人,远离恶事,生活上富有平顺,在当时当地被许多人称慕。约伯自己也庆幸因相信有神,行事处事总是凭良心按善意,尽量不亏欠人,故而蒙神护佑赐福;不料有一天,天灾人祸突然降临,夺去他所有儿女、家产,甚至他的健康。约伯在生活上遭遇灾祸,心灵上反思所信的神到底是怎样的神。而此刻的巴基和约伯一样,在遭受了巨大打击之后,巴基对自己一直以来的信仰产生了疑问。而女友玛西亚对巴基说的这些话语里所表达的轻蔑正是揭露了人类的渺小与狭隘——"你以为你能探索并揭示上帝的奥妙吗?"

但较之于圣经神话,罗斯的小说更明显的是对古希腊文学的一种模仿和敬礼。小说的名字"Nemesis"也正是源于古希腊神话术语——"Nemesis"(涅墨西斯,希腊神话中人格化为冷酷无情的复仇女神),即是对宇宙公平正义的质疑与审问。而小说情节建构中所具有的戏剧性反讽特色,也是紧随古希腊悲剧家索福克勒斯的名著《俄狄浦斯王》：与瘟疫做斗争的领导者，事实上却是不为人知的瘟疫病毒传播者；并且"Nemesis"也意指了在《俄狄浦斯王》中出现的复仇女神的形象、言行以及和人类的关系。

在叙述顺序和悬念铺陈方面，小说中叙述者身份的转变使不同叙述视角的叙述者与文本的悬念紧密联系在一起，使作者达到了以结构性的方式增强文本通篇性悬念张力的目的。这一点是对古希腊神话《俄狄浦斯王》的继承和模仿。在主题设置和文化传承方面，小说的结局引起了读者关于人类终极问题的进一步思考——不仅窥探到文本中角色设置的原型"俄狄浦斯王"，而且看到了这位美国犹太小说家作品中对基督教信仰的继承与疏离。西方文学一直以来所传承与反思的古希腊命运观是：在命运的强大力量面前，人的力量是那么的渺小。人虽解不开命运之谜，但却勇敢地行进在茫茫的人生征途上，去挑战命运，去反抗无涯的苦难。菲利普·罗斯丰富的古代神话知识和博大的人文情怀在《复仇女神》中得到了淋漓尽致的再次表现。小说中的一系列隐喻形象体现了作者对圣经精神与希腊神话的传承、致敬与反思。这是一部研究西方灾难文学"惩戒"神话主题的重要作品。

2. 中国灾难文学中的"惩戒"主题

在早期的氏族社会，中华民族的祖先们遭遇了许多不可解释的自然灾害。例如，黄河流域的居民经常会经历旱涝肆虐和瘟疫横行，灾区的人们往往损失惨重、民不聊生。这些不可抗拒的自然灾害使得人们对自己的命运和未来充满了恐惧和不安。而这种在自然灾害面前的恐惧感和不安全感会使人们自然而然地产生大量悲观情绪。所以，在中国的神话传说中，存在很多人类和自然神力抗争，最后人类失败被自然神力"惩戒"的悲剧故事。例如，每个中国人从小就知道的"夸父逐日"的故事：

> "夸父与日逐走，入日。渴欲得饮，饮于河渭，河渭不足，北饮大泽。未至，道渴而死。弃其杖。化为邓林。"❶

这个故事中讲到夸父与太阳竞跑，其中有一些细节值得我们注意——夸父口渴时想要喝水，就喝光了黄河和渭水，还要跑到北方大湖去喝水。但是他还没赶到大湖，就半路渴死了。他遗弃的手杖，化成了桃林。既然夸父拥有这种喝光河水和日行万里的能力，说明他并不是一般人，而是具有一定神力的神的后裔。但是，在遭遇了自然神力的挑战时，夸父彻底失败了，结局没有一点反转。夸父逐日的失败体现了中国早期氏族文化对人神关系的一个基本态度：自然神力是不可战胜的，而人类是十分渺小的。在这些神话的叙事逻辑中，神的后裔同样要服从于自然神力。他们虽然具有非凡的力量和顽强的意志，

---

❶　袁河，译著. 山海经全译［M］. 贵阳：贵州人民出版社，1991：214.

并且敢于挑战和抗争自然神力。但故事最后的结局都是：人类在负隅抵抗之后彻底失败，自然神力轻松地不战而胜。这种失败不仅是人类与自然神力斗争的悲剧，而且还是人类主体追求自我意识的失利。中国神话传说中有很多这种描述人类与自然神力抗争的悲剧。再如耳熟能详的故事"精卫填海"：

> "又北二百里，曰发鸠之山，其上多柘木。有鸟焉，其状如乌，文首、白喙、赤足，名曰精卫，其鸣自詨。是炎帝之少女，名曰女娃。女娃游于东海，溺而不返，故为精卫，常衔西山之木石，以堙于东海。漳水出焉，东流注于河。"❶

但海水并没有因精卫鸟日夜不停地劳作而有任何改变——大自然并不是人类靠持之以恒的精神就可以战胜的。由此可见人类在大自然面前的无可奈何。在面对不可抗拒的自然灾害时，中国原始社会时期的人类，既积极地希望能有英雄力挽狂澜，又悲观地意识到人类的不堪一击。而这两种态度都反映了中华民族传统哲学思想对大自然"惩戒"人类的态度——"人定胜天"和"无能为力"。而前者在之后的灾难文学作品中体现得最多，即中国的灾难文学中普遍呈现的无处不在的忧患意识、乐观自信的必胜信仰与越战越勇的抗争精神。

在从古至今漫长的中国文学发展长河中，历来都有灾难

---

❶　袁珂，译著. 山海经全译［M］. 贵阳：贵州人民出版社，1991：81.

文学的身影存在——在远古社会的神话传说、先秦至两汉的散文、唐宋诗词、明清小说、民国小说和中华人民共和国成立后的文艺作品中，都有着对灾难的文字记载和描述，也有着对灾难中"惩戒"主题的呈现与思考。但相比于西方严谨规范的神话体系和一如既往的神话精神传承，中国的灾难文学并没有这种泾渭分明的"神话"与"历史"界限。袁珂先生曾经针对这个问题做了分析，他认为中国古代的文人们在儒家思想的影响下将虚无缥缈的神话转化成了实实在在的历史，而这个将神话进行"历史化"的过程持续了很长的时间，一直到宋代都还在进行。所以中国的神话是一个逐渐丧失和消亡的过程。

为什么中国的神话会逐渐消亡呢？鲁迅先生曾在《中国小说史略》中进行了分析。总的看来，有以下三点：第一，由于中华民族起源于黄河流域。黄河流域的人们以农耕为主，生活艰苦，关注的是现世的生活，对虚幻的神话并不"感冒"。第二，由于受到儒家"出世"观念的影响，孔子及弟子们不曰鬼神，宣扬的是治国平天下的现实主义思想，还将神话进行了"历史化"改装。这种社会风气更加加速了神话的消亡。第三，中国神怪故事中的神和鬼是不做区分的。人死后化作鬼怪，但鬼怪可以修仙升华成为神仙。这样的结果是人神混杂、界限模糊。袁珂先生认为，特别是第二点里儒家对上古神话进行的"历史化"改装，对神话的生存空间挤压得特别厉害。而究其原因无外乎是——封建统治阶级为了维护自己的利益，下大力气故意为之。封建统治阶级把神话中的英雄谎称为自己的祖先，顺势也就将自己的地位抬高到和神祇平起平坐了。

所以，在西方的现当代文学作品中，我们依然可以看到"两希"文明中远古的神话叙事模型和一以贯之的人神抗争关系（如上文分析的《复仇女神》等）。而在现代中国作家笔下的灾难文学中，基本上很难找到古代中国神话的影子了。

尽管中西方的灾难文学在看待人神关系上的态度有着很大的差异，但是在有着相似"惩戒"主题的中西方灾难文学中，还是存在着许多相似之处。最明显的是，在人神"惩戒"关系中，中西方文学作品对悲剧主人公的塑造是有着极大的相似之处的。对敢于抗争灾难的英雄人物的塑造，中国神话与古希腊神话有着很多的共通性。虽然古希腊的神是具有人格化倾向的，但是人类和神祇的关系从根本上来讲是对立的。古希腊神话中的神拥有高于人类的自然意志，即非人意志。人与自然的不可调和造成了人和神的对立立场。对于人类来说，神的神力是望尘莫及和不可战胜的。而"惩戒"神话的悲剧就在于——虽然弱小的人类知道神的意志（自然的意志）不可违抗，但是当神的意志与自己的意志产生冲突，从而威胁到自身生存安全的时候，人类又会迸发对高高在上的神的顽强反抗。

反观中国神话，我们发现中国神话对悲剧人物形象塑造的态度和方式也是类似的。在中国上古神话中，并没有直接出现清晰形象化的"神祇"，而是以"自然"来代替。在精卫填海的故事里，自然的力量是不可被填满的汪洋大海；在夸父逐日的故事里，自然力量是不能被追上的炙热艳阳。大海和烈日都是大自然的象征符号，代表着不可战胜的神奇力量。尽管如此，精卫还是夜以继日地衔石头试图填满大海，夸父还是至死不渝地朝着太阳的方向不停奔跑。作为人类的象征符号，精卫与夸父的能力是有着很大局限性的。他们并没有可以与大自然力量旗鼓相当的神力。从纯粹理性的角度讲，精卫填海和夸父逐日的行为属于人类的不自量力和夜郎自大。但是，中国神话故事对人类的这些自取灭亡的行为并没有进行批判和嘲讽。恰恰相反，精卫和夸父被塑造成为顶天立地的英雄形象。这种非理性的叙述传达给读者的是一种明知不可为却"偏向虎山行"的英雄气概和崇高精神。和西方"惩戒"神话一样，中国"惩戒"神话中这种超越生死的英雄气概体现了人类想要证明自身主体性存在的崇高精神。

但是，在人力与神力之间的矛盾是否可以调和的问题上，中外文学作品的表述却是很不一样的。当然，这其中就包括了人与自然之间的冲突。在西方的大部分灾难文学作品中，主观人类意志与客观自然意志是天然对立的。人力与神力之间的关系是征服者与被征服者的紧张关系。这种不可调和的人神关系在希腊神话中已经体现得十分明显，而在圣经神话中更是得到了强调与加深：上帝是全能的，其意志是不可以被人类怀疑和违背的。而在对待人与大自然之间的关系这个问题上，中华民族的传统观念和西方是完全不同的。以农耕为主要生活方式的华夏儿女信奉"靠天吃饭"的准则，所以在中国的古代神话传说里，人类与大自然的对立场景描写随处可见。但值得注意的是，尽管自然灾害对中华民族的发展进程影响巨大，但是在几乎所有有关自然灾害的相关记录和文学作品中都隐隐暗含着一个统一的哲学思想——"天人合一"。在中国的灾难文学中，人与大自然（神）的关系除了紧张的"惩戒"关系之外，还包括另一个终极目标——达到人与自然的和谐统一。而这种东方哲学思想中的"和谐统一"不再是西方哲学思维中到底是"自然征服了人类"还是"人类征服了自然"的纠结矛盾。这种"和谐统一"的终极目的是人类要和大自然和谐地融为一体。这种东方哲学体系中的天人"和谐统一"与西方哲学体系中人神"二元对立"是有着本质区别的。

因此，在这两种完全不同的哲学思想下，中西方的灾难文学也就出现了两种完全不同的构思模式。这两种构思模式的相似之处在于：中西方灾难文学都承认人类与大自然存在冲突，并且人会在这些不可避免的冲突中遇到生存危机。而两种构思模式的区别之处在于：中西方哲学思维对"灾难意识"的定义不一样。

在"两希"神话的构思模式中，西方文明将客观自然进行了充分的"人格化"处理，让客观自然拥有了和人一样的主观意识，变成了具有主观意志的"神祇"。原本不具有主观意志的自然灾害变成了大自然（神祇）对人类善恶的鉴别与"惩戒"。文学作品中对于自然灾难的描述具有了惩恶扬善的精神升华和敦促教化的教育功效。这在希腊神话、圣经神话以至后世的西方文学作品中都有所体现。

和西方文明不同的是，在中国早期的神话传说中，自然并不具有人格化的自我意识。客观自然里突发的旱涝灾害等只是被称为"天怒"，并无其他的"人格化"处理。虽然这个"怒"字在文学作品中也属于拟人化手法，但它似乎只是记录者随口一提的平面化"性格"。中国文学对大自然意志平面模糊化的处理与西方文学将自然意志形象人格化的处理是极为不同的。我们可以看到，中国古代神话中并不认为大自然是具有主观意志的个体，大自然也不会针对性地（如看到人间丑恶肆虐等）对人类生存环境造成"惩戒性"破坏。换句话说，中国神话作品中的大自然没有西方神话中明显的"惩恶扬善"目的。例如，在上文中提到的夸父逐日和精卫填海的神话中，人类虽然挑战大自然失败，但是在文字描述中并没有出现大自然对人类善恶的道德评价。因此，中国的古代神话中"非人格化"的大自然和西方"人格化"的大自然完全不同。西方"人格化"的大自然更多显示出来的是人类敏感、善变、计较、偏见、自私、嫉妒、易怒、暴虐、狭隘等负面的性情。而中国神话中的大自然没有这些"坏脾气",它的态度是儒雅中庸、兼容并包和气定神闲的,可谓"任凭风吹雨打,我自岿然不动"。中国神话作品中的大自然既承认人与自然的矛盾冲突,又肯定人与自然的协调交融。在夸父逐日神话里,夸父虽然饥渴而亡,但他的手杖化作了郁郁葱葱的桃林,他的身躯化作了巍然屹立的夸父山。那片桃林终年茂盛,为往来的过客遮阴,结出的鲜桃为勤劳的人们解渴,让人们能够消除疲劳,精力充沛地踏上旅程。在精卫填海的神话里,精卫虽然不幸被淹死,以至于每日叼着石块去填大海,但是大海并不恼怒,反而心平气和、风轻云淡地看着精卫鸟飞来飞去,日复一日、年复一年。所以,我们可以看到,这些中国神话文学作品都体现了中华民族先祖"天人合一"的哲学思想,即承认人与大自然是可以和谐共处的,并且人类可以通过改造大自然从而改善自己的生存环境(因为中国文学作品中的大自然没有西方的"坏脾气")。

中西方灾难文学中的"惩戒"主题还有一个截然不同之处——随着人类社会的不断向前,中西方远古神话中的灾难书写与灾难意识正在慢慢淡去。随着 21 世纪现代化工业文明的飞速发展,人类已经不再是远古时期手无寸铁的原始居民。当现代人类拥有了科学文化、医学仪器、工业产品等对抗自然的"先进武器"之后,逐渐变得夜郎自大、目中无人。因此,无论是在西方文学作品还是在中国文学作品中，"宿命论"已经不再普遍存在。人类对自身命运的认识已经今非昔比——他们对命运的期待完全摆脱了古代神话中的悲剧性叙事，他们不再对命运表示顺从和屈服，他们更加自信坚定地对"宿命"进行反抗。特别是在中国现当代灾难文学作品中，这种"人定胜天"的灾难叙事几乎是主流文学默认的构思习惯和叙事模式。从古代英雄神话中我们得知，人类在与大自然的抗争中，有时会输，而有时会赢。而在这种不知输赢的情况下，人类还敢于对不公正宿命进行反抗。这种矛盾的心理和勇敢的行为正是文学作品中悲剧意识和审美产生的关键因素。但如果人类与大自然每次斗争的结果都是人类获胜的话，悲剧意识在灾难文学中就不复存在了。当灾难文学中的悲剧意识完全消失，人定胜天的盲目乐观叙事就会甚嚣尘上。这种情况势必会导致灾难文学作品走入"人类中心主义"的误区。当灾难文学丧失了对生命的珍视、对自然的敬畏，也就否定了人类自身的存在价值。在"人定胜天"的构思模式下，人类的灾难都会成为无关轻重的偶发事件。因为不管灾难给人类造成了多么大的损失，最后的结局一定是人类胜利。既然人类都胜利了，那么就会盲目地忽视一切已经造成的损失，更加不会反思人类在这次灾害中所承担的角色，并放弃对生命终极价值的思考。中国现当代灾难文学作品中普遍存在的这种悲剧意识的缺失，对于灾难文学的创作发展来说是十分危险的。这种丧失悲剧意识的所谓"灾难文学"被大大削减了作品本身的文学性。例如，在民国时期和中华人民共和国成立初期的灾难文学作品中所透露出的"人定胜天"的盲目乐观叙事。

　　灾难文学作品作为文学作品的一个特殊分支，是兼具如实记录功能和文学审美功能的。所以，我们看到的灾难文学可以分为两种：一种是将灾难进行如实记录的纪实文学作品。这种纪实性的作品着重关注灾难当下的人类命运和境遇。另一种是利用虚构和想象去假设灾难发生过程中的细枝末节，或者利用隐喻的手法对灾难下的人类生存意义进行反思。虚构灾难文学作品追求的不是当下的境遇，而是对未来灾难的超前想象。虚构灾难文学作品对作家的想象力、表述力、审美观、哲学观和人文关怀等层面都有着较高的要求。作家应该在对灾难进行深刻理解与反思后，对灾害造成的人间悲剧给予同情，并对灾难映射下人性的复杂性和社会的各种乱象进行剖析。西方灾难文学会对灾难带来的种种社会突发事件和人类精神危机进行深入讨论。例如，在《复仇女神》里，西方作家很擅长对灾难时期复杂的人性进行剖析，对人性之下的文化心理和社会积弊给予关注，对各种帮助超越苦难的信仰给予比较参照。而在我国这样的虚构灾难文学作品还是比较稀缺的。

第三章　变异学视域下的中外小说
成长主题研究

英国著名小说家简·奥斯丁的作品与中国现代作家张爱玲的小说，无论是在选题取材上还是在主题的呈现上，都有着诸多相似之处。例如，两位作家的小说中都不约而同地描写了一位或多位女性从懵懂女孩到成熟女性的成长和变化过程，即女性的成长主题。而事实上，张爱玲也曾阅读过大量的外国文学作品，其中包括了奥斯丁的部分小说。基于两位女性作家在小说主题选择和小说传播影响方面的相关联系，本章尝试将其放在比较文学变异学的视域下，对两位作家的小说《傲慢与偏见》和《沉香屑：第一炉香》进行文本细读。再结合比较文学跨文化、跨文明等相关理论，对这两部小说的同质性、异质性与变异性进行重新审视，试图在新的理论视域下去探寻奥斯丁和张爱玲小说中所具有的成长主题和特征，为奥斯丁和张爱玲小说的传统比较研究提供一个新的视角和研究方法。

一、简·奥斯丁与张爱玲小说中的成长主题

1. 简·奥斯丁与张爱玲的小说创作背景与研究现状

英国著名小说家简·奥斯丁在英国小说史上起着承上启下的重要作用，是世界文学殿堂的大师级人物。她曾被美国著名文学评论家埃德蒙德·威尔逊（Edmund Wilson）誉为唯一可以与莎士比亚媲美的伟大作家："There have been several revolutions of taste during the last century and a quarter of English literature, and through them all perhaps only two reputations have never been affected by the shifts of fashion: Shakespeare's and Jane Austen's."（"英国文学史上出现过几次趣味革命，文学口味的翻新几乎影响了所有作家的声誉，唯独莎士比亚和简·奥斯丁经久不衰。"）❶

简·奥斯丁（Jane Austen，1775—1817）于 1775 年 12 月 16 日出生于英国南部汉普夏郡（Hampshire）斯蒂文顿镇（Steventon）的一个牧师家庭，她没有进过正规学校，只是在九岁时作为姐姐卡桑德拉（Cassandra）的伴读进过学校，父

---

❶ Edmund Wilson. A Long Talk about Jane Austen［C］//In Literary Essays and Reviews of the 1930s & 40s: The Triple Thinkers, the Wound and the Bow, Classics and Commercials, Uncollected Reviews. Ed. Lewis M. Dabney. Library of America, 2007: 629.

亲在她的启蒙教育中扮演了重要角色。奥斯丁幼时喜爱读书，十一二岁时就开始了文学创作。奥斯丁成年后，曾随全家迁居多次。1817 年为了方便重病缠身的奥斯丁就医，举家迁往曼彻斯特，而她在两个月后不治身亡。她一生没有嫁人，从出生起到逝世都与家人在一起，享年仅仅 42 岁。❶

简·奥斯丁从 1811 年开始陆续发表的 6 部完整小说具有极其重要的意义，大多数人都认为这 6 部小说是英国小说发展史上的重要转折点。奥斯丁刚满 20 岁不久就开始了自己第一部作品的创作，这部作品叫作《最初的印象》，但是最终却没有得到出版；同年，奥斯丁又继续写了第二本小说，叫作《埃莉诺与玛丽安》，而第三本则在 18 世纪末期完成。十几年后，《埃莉诺与玛丽安》经过改写，更名为《理智与情感》（*Sense and Sensibility*，1811 年），《最初的印象》也经过改写，更名为《傲慢与偏见》（*Pride and Prejudice*，1813 年），最终都得以发表与出版。但她在 18 世纪末期完结的第三本小说，也就是《诺桑觉寺》，在其在世期间没有得到出版。这三部作品的共通之处就在于，奥斯丁写了她的故乡。而在那以后奥斯丁所写的小说同样也有三本，其名分别为《曼斯菲尔德庄园》（*Mansfield Park*，1814 年）、《爱玛》（*Emma*，1815 年）以及《劝导》（*Persuasion*，1818 年），这三本的写作时间都在奥斯

---

❶ Paul Poplawski. A Jane Austen Encyclopedia [M]. Westport: Greenwood Press, 1998: 3 – 5.

丁迁离她的故乡之后。与前面情况相同的是，前两本都在其在世时期得到了出版，而最后一部却因为改写并未出版。直到奥斯丁逝世之后，其哥哥才出版了两本一直没有与读者见面的小说，即《诺桑觉寺》和《劝导》，并且第一次用了"简·奥斯丁（Jane Austen）"这个真名。

除了上述六部小说以外，简·奥斯丁在少女时代还写了许多短文，1922 年以《爱情与友谊及早期作品集》（*Love and Friendship and Other Early Works*）为题集书出版。她还写了书信体小说《苏姗夫人》（*Lady Susan*，1805 年完成，1871 年出版）、小说《沃特森一家》（*The Watsons*，未完成，1871 年出版）、小说《沙地屯》（*Sanditon*，未完成，1875 年出版）。《简·奥斯丁书信集》（*Jane Austen's Letters to Her Sister Cassandra and Others*，1932 年由后人编辑出版）。

简·奥斯丁创立了一种新的艺术形式，而这种形式的小说十分简单，没有过多的技巧修饰，但却拥有较为独特的风格，并且叙事详细。奥斯丁不仅进行了小说风格的创新，还证明了阅读小说不再是一种日常消磨时光的简单娱乐方式。她赋予了小说一种更为重要的地位，并认为小说也属于文学中的一种，与当时十分繁荣的诗歌及戏剧等具有同等重要的作用。奥斯丁的小说内容主要描绘了 18 世纪末和 19 世纪初的景象，即还未被资本主义变革所影响的田园风景和琐碎的日常生活。对英国中产阶级女性的婚恋问题，奥斯丁以女作家独有的敏锐的观察力和风趣的笔墨，真实地再现了那个时期英国中产阶级家庭的喜怒哀乐。她的记叙全部以年轻待嫁的姑娘为主人公，以她们的婚嫁为主线，真实而又富有戏剧性地描写了 18 世纪末到 19 世纪初英国乡村日常宁静生活之下的微波浅澜。

两百年来，简·奥斯丁及其作品的专题性研究成果蔚为大观，这在其研究的深度、广度以及研究前沿的不断更新方面都得到了具体体现。例如，就 19 世纪早期研究来说，西方主要的研究方法是建立在奥斯丁私人信件上的奥斯丁传记研究；到了 20 世纪 20 年代以后，是西方现代主义的各类新兴文论不断产生的时代。形式主义、结构主义、叙事学、西方马克思主义、读者反映批评、女权主义、新历史主义、后殖民主义等文学批评理论在英语世界的奥斯丁研究领域应时而兴，其中一些文学理论逐渐成为英语世界奥斯丁研究的主流批评文论。

然而，尽管英国学术界对成长小说的研究有着悠久的历史，但是并没有成为奥斯丁作品研究的主流研究模式。而我国国内的学者对奥斯丁作品中的成长主题研究也起步较晚，论文和著作篇数都较少。

作为中国最著名的现代女性作家之一，张爱玲比奥斯丁晚出生了近一个半世纪。张爱玲出生于 1921 年的中国上海。她的家庭可以说是门第显赫，父母均是名门之后——她的父亲张志沂是清末名臣张佩纶与李鸿章女儿李菊藕的独子，她的母亲黄逸梵的祖父黄翼升是清末长江七省水师提督。因此，尽管是家中的女孩子，但张爱玲自小就有条件接受中国传统文化的熏陶和中国古典文学的训练，长大之后又接触到大量的西方文学作品。还在圣玛利亚女校求学时，张爱玲就展现出了自己的写作才华，创作了长篇小说《摩登红楼梦》、散文《迟暮》（刊登于 1933 年圣玛利亚女校年刊《凤藻》）、新小说《牛》与《霸王别姬》（刊登于校刊《国兴》）。进入香港大学后，张爱玲专攻文学，凭借《我的天才梦》荣获《西风》月刊三周年纪念征文名誉奖第三名。

1942 年，张爱玲与姑姑回到上海，她开始以撰文投稿来赚取生活费。在这段时间里，张爱玲用英文给《泰晤士报》写剧评影评，包括《婆媳之间》《鸦片战争》《秋歌》《乌云盖月》《万紫千红》《燕迎春》《借银灯》。张爱玲还替德国人办的一份英文杂志《二十世纪》写过《中国人的生活与服装》（*Chinese Life and Fashions*）一文。1943 年，张爱玲正式进入作家圈，并一连发表了很多出色的作品，如《沉香屑：第一炉香》《沉香屑：第二炉香》《倾城之恋》《茉莉香片》《心经》《毕竟是上海人》《琉璃瓦》《金锁记》《更衣记》等。这些作品脍炙人口、深刻圆熟，在文学史上实属罕见。于是，上海城内一时间洛阳纸贵，才 20 岁出头的张爱玲也迎来了她作家生涯的成名期。1944 年初春，张爱玲因小说《封锁》与胡兰成相识并相恋。最后，张爱玲为了心目中认定的爱情，力排众议坚持与胡兰成结婚。然而，事实证明，这段只维持了两年的婚姻是张爱玲生命中饱受非议的一段经历。同年，张爱玲不仅创作了《花凋》《鸿鸾禧》《红玫瑰与白玫瑰》等作品，还出版了她一生中最重要的小说集《传奇》以及散文集《流言》。1947年，张爱玲应邀创作了电影剧本《太太万岁》和《不了情》。1951年，张爱玲发表了小说《十八春》，化名"梁京"。1952年，张爱玲供职于驻香港的美国新闻署机构。1954年，张爱玲发表了两部略有政治倾向的长篇小说《秧歌》和《赤地之恋》。

1955年秋，张爱玲开始了旅居美国的异乡生活。1956年8月，张爱玲与美国剧作家赖雅相识半年后结婚，两人共同生活到1967年赖雅逝世。

1958年，张爱玲赴加州专门从事写作，发表小说《五四遗事》，为香港国际电影懋业有限公司编写《情场如战场》《桃花运》《人财两得》《红楼梦》《南北和》及其续集《南北一家亲》，以及《小儿女》《一曲难忘》等剧本，回美国后还创作了剧本《南北喜相逢》。1966年，张爱玲把旧作《金锁记》改写成了长篇小说《怨女》，并在香港连载。1969年，张爱玲将旧作《十八春》略做调整后，改名为《半生缘》在台湾出版。

两位女作家对她们所处的时代来说，都是独一无二的。英国著名女作家弗吉尼亚·伍尔夫有句名言说："在所有伟大作家当中，简·奥斯丁是最难在伟大的那一瞬间捉住的。"夏志清在《中国现代小说史》中为张爱玲辟专章，称她是"今日中国最优秀最重要的作家"，称《金锁记》是"中国从古以来最伟大的中篇小说"。由于是女性作家，她们作品的主人公无一例外也都是女性，描述的内容核心是女性的爱情与婚姻。她们和其他女作家一样在作品中用女性独特的视角刻画人物，擅长心理描写，对细节的把握得心应手。除此之外，张爱玲和简·奥斯丁的作品还有许多不同之处。简·奥斯丁生长于英国南部有文化教养的牧师家庭，一生四十多个年头的岁月，基本上是在英国的乡间度过的。她的六部完整作品大都是描写她自己熟悉的乡间所谓体面人家的生活与交往，以及自己在这样的环境中的成长过程。而张爱玲出生于家道中落的旧式贵族家庭，身逢乱世，四处漂泊。从上海到香港再到美国各地，张爱玲的一生居无定所，随遇而安，她的小说中处处透露着那个时代女性知识分子对于女性成长主题的思考和反省。

　　本章将以奥斯丁的成名小说《傲慢与偏见》和张爱玲的成名小说《沉香屑：第一炉香》作为对比分析文本。《傲慢与偏见》不仅是奥斯丁修改时间最长的一部小说（1795—1813年），也正好见证了奥斯丁从 20 岁的青春少女到 38 岁中年妇女的成长过程，在作家年龄方面也暗合了"成长小说"的成长主题因素。而张爱玲的小说《沉香屑·第一炉香》不仅使当时才 23 岁的她在上海文坛一炮打响，崭露头角，而且是她正式成为职业作家后的首部描写女性成长主题的作品。

2. 成长小说及成长主题的界定

20 世纪是文学理论百花齐放、百鸟争鸣的时代，各式各样的西方文学理论为学者们研究奥斯丁的小说作品、处理文学主题提供了多种多样的参照标准和方式方法。而成长小说是按照文学主题（literary theme）特征进行分类的小说类型。❶

在《豆蔻年华：从狄更斯到戈尔丁的成长小说》（*Season of Youth：The Bildungsroman from Dickens to Golding*）一书中，作者杰罗姆·H. 巴克利❷（Jerome Hamilton Buckley）认为"成长小说"这一说法，在漫长悠久的英语文学发展史上从一开始就没有固定的名称，尽管成长小说并不稀少，从数量上来讲完全可以成为一种独立的小说体裁，但是由于成长小说不仅数量大而且写作角度各有不同，让人很难选择一个言简意赅的术语去涵盖其广阔的文学审美上的外延与内涵。再加上评论家们对"成长小说"这种文学样式的研究还比较缺乏，以至于文学史上"成长小说"的名称有很多种，较常用到的包括 initiation story, novel of initiation, growing-up novel, coming-of-age

---

❶ 芮渝萍. 美国成长小说研究 [M]. 北京：中国社会科学出版社，2004：5.

❷ Jerome H. Buckley is Gurney Professor Emeritus of English Literature at Harvard University, where he began teaching in 1961. He is a fellow of the American Academy of Arts and Sciences and is the author of many books, among them The Victorian Temper, Tennyson：The Growth of a Poet, The Triumph of Time, and The Turning Key：Autobiography and the Subjective Impulse. He is the editor of the Riverside Edition of *The Poems of Tennyson* and Harvard's The Worlds of Victorian Fiction, among other texts.

novel, novel of youth, novel of adolescence, novel of life 等。杰罗姆·H. 巴克利认为这种起源于德国的小说类型的命名，当然也来源于德语中的一个单词，即我们现在所通用的 "Bildungsroman"，也被称为 "教育小说"，顾名思义就是用教化（bildung）的道德观去塑造和描写小说的人物形象和成长历程。●

芮渝萍在综合研究了莫迪凯·马科斯（Mordecai Marcus）的论著《什么是成长小说?》以及著名文艺理论家巴赫金的《教育小说及其在现实主义历史中的意义》一文后，结合我国对成长小说的研究情况，对成长小说给出了以下四个方面的定义。

第一，小说的叙事必须包含人物的成长。从人物的年龄看，主人公主要是 13～20 多岁的青少年，但这不是绝对的标准。大多数学者都把成长小说的主人公界定为 "年轻人"，这本身就是一个语义模糊的词。

第二，从内容上看，成长小说具有亲历性。它主要反映个人的成长体验和心理变化。成长过程的叙事，成长旅途中的见闻和经历，人物性格在这一过程中的变化，构成了小说的主体。它展示或叙述了对个人成长发生重大影响的某个或某些生活经历。成长意味着人物趋向成熟，产生了明确的自我意识，

● Jerome Hamilton Buckley. Season of Youth: The Bildungsroman from Dickens to Golding [M]. Cambridge, Massachusetts: Harvard University Press, 1974: 13 – 14.

能够协调个人意愿与社会规范之间的冲突，从而在一定程度上实现自我价值。

第三，从结构上看，成长小说的叙述结构相当模式化：天真—诱惑—出走—迷惘—考验—失去天真—顿悟—认识人生和自我。这个过程也就是所谓人物成长的"心路历程"。这个基本模式，或在此基础上的变异，出现在所有成长小说中。成长小说在结构上具有封闭性，应该有成长的完成性标志。

第四，从结果上看，主人公在经历了生活的磨难之后，获得了对社会、对人生、对自我的重新认识。这种认识必须是主人公本人明确而切肤的感受。因为只有这样，他才真正获得了成长。换句话说，成长小说的主人公一定是动态人物（dynamic character）。在有些成长小说中，第一主人公并没有获得明显的成长就被生活摧毁了，而小说的叙述者作为旁观者和次要角色，却通过主人公的挣扎与毁灭过程，获得了人生的启发和成长的体验。❶

本章将采用这四点对"成长小说"的定义方法，对奥斯丁的《傲慢与偏见》和张爱玲的《沉香屑：第一炉香》中的成长主题进行分析研究。

---

❶ 芮渝萍. 美国成长小说研究［M］. 北京：中国社会科学出版社，2004：7 – 8.

3. 简·奥斯丁与张爱玲小说中的成长主题因素

（1）"年轻人"的成长主题因素。

首先来看看《傲慢与偏见》。简·奥斯丁在小说中给伊丽莎白设置的成长模式是女作家自己十分熟悉的，也可以说是奥斯丁自己所经历的 18 世纪英国乡绅小姐的一个成长模式：待字闺中的乡绅小姐，从小接受了较好的文学艺术等方面的教育，而又到了适婚年龄，需要找一个门当户对或者更加富有的丈夫。

《傲慢与偏见》里的女主人公伊丽莎白·班纳特小姐是整部小说道德判断和观念转换的主要叙述人，小说情节的发展和铺陈大多数来自她的视角。尽管奥斯丁将伊丽莎白定位为"全家最富有智慧的人"，但由于年纪轻轻，社会经验不足，难免会犯一些年轻人都会犯的错误，如固执己见、先入为主、自尊心强和主观臆断等。具体从年龄上看，20 岁左右的伊丽莎白正符合前文所述的"从人物的年龄看，主人公主要是 13～20 多岁的青少年"这一标准，而 20 岁的她无论从心理上还是精神上都需要长辈或者兄长给予她性格形成阶段的指引，在小说中无非是这几位人物，即伊丽莎白的父亲、姐姐简，以及比她年长的达西。

而在张爱玲的《沉香屑：第一炉香》中，主人公是从上海来到香港读中学的少女葛薇龙，年龄也不过 15 岁左右。张爱玲在对葛薇龙的成长模式进行设置时，也参照了自己的亲身经历：从内地到香港求学。在描写薇龙的外貌时，她这样说道："她的脸是平淡而美丽的小凸脸……她的眼睛长而媚，双眼皮的深痕，直扫入鬓角里去。纤瘦的鼻子、肥圆的小嘴。"❶张爱玲认为葛薇龙面部表情的稍嫌缺乏反而显出了温柔敦厚的中国古典情调。而在描写葛薇龙的穿着打扮时，张爱玲认为葛薇龙本身就是殖民地所具有的东方色彩的组成元素。张爱玲这样描述道："她穿着南美中学的别致的制服，翠蓝竹布衫，长齐膝盖，下面是窄窄的裤脚管，还是满清末年的款式；把女学生打扮得像赛金花模样，那也是香港当局取悦于欧美游客的种种设施之一。然而薇龙和其他的女孩子一样的爱时髦，在竹布衫外面加上一件绒线背心，短背心底下，露出一大截衫子，越发觉得非驴非马。"❷当时的薇龙只是个单纯的中学生，对未来的生活和爱情还抱有美好的向往。葛薇龙在决定搬入姑母家时暗暗下定决心：不管外头人说什么闲话，我只念我的书。大有出淤泥而不染的气概。具体从年龄上来看，这个阶段的葛薇龙也符合了"从人物的年龄看，主人公主要是 13～20 多岁的青少年"这一年龄标准。而相比之下，葛薇龙的引导者或监护人却只有心怀不轨的姑母，在这一点上，葛薇龙的成长环境

---

❶ 张爱玲．张爱玲文集：精读本［M］．北京：中国华侨出版社，2002：207．

❷ 同上。

远没有伊丽莎白正常和顺利。

（2）"*亲历性*"*的成长主题因素*。

在奥斯丁的私人信件中，研究者们发现了奥斯丁小说中作家自己的真实生活片段，并一一得以验证。这一点又十分符合"成长小说"的第二条定义："从内容上看，成长小说具有亲历性。它主要反映个人的成长体验和心理变化。成长过程的叙事、成长旅途中的见闻和经历，人物性格在这一过程中的变化，构成了小说的主体。"例如，研究者们发现简·奥斯丁写得最多的信件，是寄给姐姐卡桑德拉的。由于简·奥斯丁的父母经常受邀到亲朋好友家拜访，而且一住就是一段时间，因此这两姐妹经常不在一起。这使得与姐姐卡桑德拉关系亲密的简·奥斯丁无处倾诉，只有借助写信这一方式和姐姐频繁交流、倾吐心声。书信记录的是当时女作家身边发生的真人真事，是最接近于作家本人的真实情景还原。"创作来源于生活"，从简·奥斯丁仅存下来的信件中，我们不仅可以对女作家的个人生活有更多的了解，还可以从中窥视到女作家创作生涯发展的蛛丝马迹。我们可以从中看到女作家小说创作中的点点滴滴和真实存在的原始素材。在这些书信中，简·奥斯丁的风格贯穿始终：机智、对自己的智慧和魅力有充分信心、热衷于小范围的社交活动、热爱舞会、热爱漂亮衣服、不失体面地试图节俭、孜孜不倦在书信中收集和传播新闻、善待穷人、对家人怀有最真挚的热忱，同时不放弃任何一个嘲讽可笑人物的机会。而这些品质和《傲慢与偏见》中的伊丽莎白姐妹都十分相似。目前，业已出版的奥斯丁私人信件的起始日期是1796年1月，如今世界上所留存的有关于奥斯丁的书信要追溯到18世纪90年代末期，当时她的姐姐出于保护妹妹的心态，将其字体不完善的以及情感太过裸露的书信全部焚毁了。信件中女作家对自己去过的地方和身边的所见所闻进行了细致的描述，在信中与姐姐闲话家长里短，字里行间处处展示了她过人的敏感机智，还有此后在小说创作中无处不在的嘲弄与反讽。再如，在简·奥斯丁的小说中反复出现的疗养胜地"巴斯"（Bath），也是在信件中与姐姐常常谈起的话题。如果研究奥斯丁家族和巴斯的关系，那么最早可以追溯到其父母的时代。20世纪60年代中期，奥斯丁的父母就是在巴斯相识与相恋的，之后才搬离了巴斯，开始在奥斯丁的故乡定居，但其舅舅依旧在巴斯拥有房产，每年至少有半年的时间住在巴斯，这使得奥斯丁一家与这个城市往来不断。简·奥斯丁或许早年就常常应邀至此探亲访友，但是由于一些信件被毁，我们无从得知之前的情况。在19世纪初期奥斯丁寄给姐姐的一封书信中，能够推测出其对于巴斯极其熟悉；除此之外，依据其余的书信也能够看出，在18世纪末期，奥斯丁曾在巴斯居住过一段时间，并且以前也来过，并对巴斯经常的阴雨天给出行人带来的不便表示了不满：

13 Queen's Square, Friday (May 17, 1799).

Well, here we are at Bath; we got here about one o'clock, and have been arrived just long enough to go over the house, fix on our rooms, and be very well pleased with the whole of it. Poor Elizabeth has had a dismal ride of it from Devizes, for it has rained almost all the way, and our first view of Bath has been just as gloomy as it was last November twelvemonth. ❶

奥斯丁首次去巴斯是随着姐姐一起去舅舅家进行拜访；在这之后奥斯丁又同自己的哥哥一起去过巴斯的一家疗养院，并且在巴斯居住了一小段时间。奥斯丁在第二次去巴斯时，留下来度过了一小段时间，巴斯的生活不仅成为她的小说《诺桑觉寺》和《劝导》的重要场景，而且在其他各部小说如《傲慢与偏见》中也出现过（婚后不久，韦翰就对伊丽莎白的妹妹丽迪雅感情冷淡，自己常上伦敦的巴斯温泉去寻欢作乐等）。

奥斯丁创作《傲慢与偏见》之蓝本《初次印象》（*First Impression*）时年仅 21 岁，与她偏爱的主人公伊丽莎白同岁。这年，她与一位爱尔兰青年相爱，但不久后这位青年离开了英格兰，在

---

❶ 本章节的所有简·奥斯丁信件原文引文均出自 Jane Austen. The Letters of Jane Austen [EB/OL]. Edward, Lord Bradbourne, ed. The Project Gutenberg EBook: http://www.gutenberg.org/files/42078/42078-h/42078-h.htm.

中文部分由笔者自译。

爱尔兰娶了位有钱的太太。对于简·奥斯丁这段刻骨铭心的初恋，奥斯丁的研究者们在她的信件中也可以看到蛛丝马迹：

Friday. —At length the day is come on which I am to flirt my last with Tom Lefroy, and when you receive this it will be over. My tears flow as I write at the melancholy idea. Wm. Chute called here yesterday. I wonder what he means by being so civil. There is a report that Tom is going to be married to a Lichfield lass. John Lyford and his sister bring Edward home today, dine with us, and we shall all go together to Ashe. I understand that we are to draw for partners. I shall be extremely impatient to hear from you again, that I may know how Eliza is, and when you are to return. ❶（星期五：我最后一次同汤姆·勒夫罗伊互诉衷肠的日子终于来了，你收到这封信的时候，一切都结束了。我在写下这个忧伤的念头时，眼泪已夺眶而出。威廉·丘特昨天来访，但我不知道他这么彬彬有礼是什么意思。据说汤姆要和利奇费尔德的一位姑娘结婚。约翰·莱福德和他姐姐今天把爱德华带回了家，并且和我们一起吃了晚饭，我们会一起去阿什，听说我们会抽签决定舞伴。我迫不及待地想再度收到你的来信，这样

---

❶ Jane Austen. The Letters of Jane Austen ［EB/OL］. Edward, Lord Bradbourne, ed；The Project Gutenberg EBook：http：//www. gutenberg. org/ files/42078/ 42078-h/42078-h. htm. ibid.

我就能知道伊莱莎怎么样了，以及你什么时候回来。）

1801 年，奥斯丁 26 岁时在巴斯与一位明敏标致的青年陷入情网，情感甚浓，但此人猝然暴病而亡。1802 年 27 岁的奥斯汀（与小说中夏洛蒂的年龄相当）遇到一位富有的庄园继承人向她求婚。在经过一个漫长的不眠夜之后，她在第二天清晨毅然拒绝了。1808 年她 33 岁时几乎答应嫁给一个中年牧师，但没有下文。简·奥斯丁 35～37 岁（1801—1812 年）重写了《傲慢与偏见》并于 1813 年发表。从 21 岁情窦初开、倾心相爱到 33 岁青春已逝共 12 年时间，作者走过了人生最美好的青春岁月，却没有找到最能带来幸福的人生伴侣，最终放弃了感情归宿。在经历了这一切之后，作者以成熟女性的视角反观她的感情历程，借几个中产阶级的女子来演绎 12 年间已经出现和可能出现的种种感情和婚姻，阐述自己关于婚恋观的独到见解。而奥斯丁将自己的人生经历结合《傲慢与偏见》这样的写作和修改过程，正好"展示或叙述了对个人成长发生重大影响的某个或某些生活经历。成长意味着人物趋向成熟，产生了明确的自我意识，能够协调个人意愿与社会规范之间的冲突，从而在一定程度上实现自我价值。"❶

而对于张爱玲来讲，《沉香屑：第一炉香》这部小说的创

---

❶　芮渝萍．美国成长小说研究［M］．北京：中国社会科学出版社，2004：7-8.

作背景和她自身的经历息息相关。张爱玲将这部小说中故事的发生地点设置在香港，而且花了不少笔墨去仔细描写和逐一展示当时香港作为殖民地的"怪异"与"新奇"之处。例如，在小说的开篇，张爱玲在描写葛薇龙姑母家洋房以及周围的景观时，她认为这些精美的景致是生拉硬扯地搭配在一起的，不伦不类，很不协调。从外观来看："山腰里这座白房子是流线型的，几何图案式的构造，类似最摩登的电影院。然而屋顶上却盖了一层仿古的碧色琉璃瓦。玻璃窗也是绿的，配上鸡油黄嵌一道窄红边的框。窗上安着雕花铁栅栏，喷上鸡油黄的漆。屋子四周绕着宽绰的走廊，当地铺着红砖，支着巍峨的两三丈高一拼白石圆柱，那却是美国南部早期建筑的遗风。"❶而在描述洋房室内的装饰时，张爱玲也认为香港人为了取悦外国人而刻意布置的中西融合景观是极其滑稽可笑的："从走廊上的玻璃门里进去是客室，里面是立体化的西式布置，但是也有几件雅俗共赏的中国摆设，炉台上陈列着青翠鼻烟壶与象牙观音像，沙发前围着斑竹小屏风，可是这一点东方色彩的存在，显然是看在外国朋友们的面上。英国人老远地来看看中国，不能不给点中国给他们瞧瞧。但是这里的中国，是西方人心目中的

---

❶ 张爱玲．张爱玲文集：精读本［M］．北京：中国华侨出版社，2002：206－207．

中国，荒诞，精巧，滑稽。"❶这一系列的描述显示了香港的生活经历对张爱玲个人的成长产生过重大的影响。张爱玲还曾经说过她喜欢运用参差对照的写法，因为这样的写法是比较接近事实的。而她口中提到的"事实"显然就是当时她眼中香港社会的民生百态和社会风气。

事实上，1937 年，张爱玲从圣玛利亚女校毕业后，于第二年年底参加了英国伦敦大学远东地区入学考试。尽管当时张爱玲考取了伦敦大学，但却因为国内战事正酣而无法入学。张爱玲无奈之下，退而改入香港大学文学系。而在 1942 年，因当时太平洋战争爆发，香港大学被迫停办，张爱玲最终也没能从香港大学顺利毕业。由此可见，张爱玲在香港大学求学的三年，正是她从青少年成长为成年人的重要时期，再加上这段成长时期中的求学之路十分艰难，尽管张爱玲的个人学习能力和写作才华十分优秀，但由于外界战火纷飞的艰难环境而多次受挫。这一切不公平对于平常人来说都是让人十分懊恼和无奈的事情，而张爱玲又有着作家惯有的敏感特质，所以这些客观因素无疑对她的人生观和价值观产生了直接和巨大的刺激和影响。

在大学求学期间，虽然张爱玲为了学业而减少了自己的小说创作数量，但这并不代表张爱玲在小说创作上有所退步。与

---

❶　张爱玲．张爱玲文集：精读本［M］．北京：中国华侨出版社，2002：207．

之相反，她充分利用了三年在香港大学的求学时间，仔细观察这个殖民地不同于内地的人间百态和风俗人情，收集、酝酿并沉淀了自己之后的写作素材以及创作背景，酝酿出了《沉香屑：第一炉香》的故事梗概。这个故事的发生地点特意设置在香港，正好说明了香港的生活经历对于张爱玲来说早已成为她生命记忆和写作素材中不可忽视的一个重要部分。《沉香屑：第一炉香》中的女主人公葛薇龙是个在复杂环境中迅速成长变化的女孩，她的成长过程主要体现在她对爱情的认识上：从对爱情抱有天真烂漫幻想的少女转变成为精通男女制衡之术的无奈少妇。葛薇龙的成长过程意味着这个女性人物趋向成熟，她在香港的特殊经历让她产生了明确的自我认识（不管这样的认识是对还是错）。她不再是莽撞无知的少女，反而成了能够协调个人意愿与社会规范之间冲突的娴熟妇人，从而在一定程度上实现了个人阶段性成长（尽管这样的协调方式和成长方式并不符合中国传统价值观和社会伦理观）。

（3）"叙述结构"的成长主题因素。

关于"成长小说"的第三点定义是"从结构上看，成长小说的叙述结构相当模式化：天真—诱惑—出走—迷惘—考验—失去天真—顿悟—认识人生和自我。这个过程也就是所谓人物成长的心路历程。"

在《傲慢与偏见》中，毫无疑问，伊丽莎白是全书的中心人物，并且奥斯丁在她一出场就着力通过其他人物的愚蠢反映出伊丽莎白的聪慧过人。如在尼日斐花园举行的舞会上，班纳特太太和她的小女儿们不得体的言行都是通过伊丽莎白的心理活动描述出来的；当时简与彬格莱眉目传情，根本没有注意，只有伊丽莎白为她们脸红。她"觉得她家里人好像是约定今晚到这儿来尽量出丑，而且可以说是从来没有那样起劲，从来没有那样成功"**❶**。同样，关于彬格莱小姐的种种心计，简总是从最好的方面去理解，也是伊丽莎白敏锐地觉察出她们姐妹俩的不怀好意。在第1章里，当伊丽莎白还没有露面时班纳特先生就说过"别的女儿都糊涂，只有伊丽莎白聪明"等话，也让读者从心理上做了准备，使读者产生一种印象、一种期待，似乎年仅20岁的伊丽莎白已然是位思想早熟、洞察世事、社会经验丰富的成熟女性了，作者通过她对全书的人和事做出判断。

的确，在《傲慢与偏见》中，奥斯丁花了很多笔墨刻画她的性格。奥斯丁笔下的伊丽莎白是诙谐幽默的、独立迷人的，是位有着完美礼仪和良好教育背景并且极富魅力的年轻姑娘。对于彬格莱姐姐的暗箭，她反唇相讥，对咖苔琳夫人的无礼，她胆敢顶撞。她凭自己的聪明大方博得了众目所瞩的男子达西先生的爱慕，击败了"情敌"彬格莱小姐，有如简·爱击败了布兰奇小姐而与罗契斯特先生相爱一样。但所有这一切

---

❶ 简·奥斯丁.傲慢与偏见［M］.王科一，译.上海：上海译文出版社，2010：117.

只能说明，伊丽莎白是全书中兴趣的中心，但还不是判断是非曲直的尺度，即不是"意识"的中心，因为她还处于"天真"的成长模式阶段，小聪明只是她"天真"的本性，和其他的成长小说主人公一样，伊丽莎白还需要经历更多的成长阶段。

事实上，奥斯丁也正是延续了成长小说的写作模式对伊丽莎白进行人物塑造的，她并没有始终如一地以赞赏的眼光描写她，这时候的伊丽莎白并不是严格意义上的正面主人公形象。当《傲慢与偏见》进行到四分之一，即第 16 章时，奥斯丁对伊丽莎白的描写在基调上发生了变化：她从"聪明人"变成了"愚人"。事情是从伊丽莎白在麦里屯碰到民兵自卫团的军官韦翰开始的，伊丽莎白立刻被韦翰一副"讨人喜欢"的仪表迷住了。韦翰跟她一见如故，滔滔不绝地洗刷自己，中伤达西先生，那话里破绽百出，聪明过人的伊丽莎白竟然毫无察觉，完全被韦翰牵着鼻子走。这时奥斯丁笔锋一转，改用嘲讽的笔调描写伊丽莎白，如说她看着韦翰，心里觉得"凡是他所看到的事情，他谈起来都非常欣喜，特别是谈到社交问题的时候，他的谈吐举止更显得温雅殷勤"❶，最后，伊丽莎白觉得他"越说话越显得英俊了"❷。而伊丽莎白为了他竟然拒绝了达西的求婚。《傲慢与偏见》第 35 章描写的伊丽莎白拒绝

---

❶　简·奥斯丁. 傲慢与偏见［M］. 王科一，译. 上海：上海译文出版社，2010：93.

❷　同上，第 95 页。

达西的求婚没有任何保卫妇女人格不受侵犯的含义。而伊丽莎白在对韦翰着迷、听信他的谗言的情况下拒绝达西的求婚时，她的那副反常的姿态不正是典型的受到"诱惑"后，一反常态导致心灵的"出走"与心智的"迷惘"，并且经历着良心的煎熬和真理的"考验"的成长阶段吗？

　　小说到了第 37 章的时候，奥斯丁笔下伊丽莎白的成长过程也面临了重要转折。看了达西的信，她不仅知道了韦翰与达西关系的真相，更重要的是，她对自己达到了一种新的认识。她现在突然认识到，当初第一次见面时，韦翰就滔滔不绝、自称自赞，是多么有失体统，何况又言行不一，而她自己竟毫无察觉，上了大当。她悔恨自己"我做得多么卑鄙！我一向自负有知人之明！我一向自以为有本领！一向看不起姐姐那种宽大的胸襟！为了满足我自己的虚荣心，我待人老是不着边际地猜忌多端，而且还要做得使我自己无懈可击。这是我多么可耻的地方！可是，这种耻辱又是多么活该！即使我真的爱上了人家，也不该盲目到这样该死的地步。"❶这也就是成长小说中主人公必须达到的"失去天真—顿悟—认识人生和自我"的成长阶段。伊丽莎白克服了偏见，达西也收敛了傲慢，两人在新的境界里结合起来。至此，小说也达到顶点与高潮。

　　由此可见，在反映小说中女主人公的成长历程上，奥斯丁

---

　　❶ 简·奥斯丁. 傲慢与偏见 [M]. 王科一，译. 上海：上海译文出版社，2010：233 – 234.

在叙述人的选择上是选定了通过伊丽莎白的视角来展开故事情节，通过对伊丽莎白内心世界的直接透视，即"内部视角"，来见证伊丽莎白的心理成熟过程，遵循了"天真—诱惑—出走—迷惘—考验—失去天真—顿悟—认识人生和自我"这个基本模式，它在结构上具有封闭性，也具有成长的完成性标志。

而从《沉香屑：第一炉香》的故事叙述结构来看，女主人公葛薇龙成长故事的叙述结构同样具有这样模式化的特点。小说中的女主人公葛薇龙原本是一位纯真善良和追求进步的女中学生。由于家乡上海的战乱频发，全家不得已迁往香港避难。葛薇龙家的经济条件比较拮据，除了维持基本生活之外，父母并没有多余的钱给葛薇龙上学。而葛薇龙又是一位具有求学抱负的进步女孩子，所以她想起了同样定居在香港的有血缘关系的姑母。葛薇龙天真地以为这位坐拥山间豪宅和无数家产的姑母可以看在血缘亲情上无条件地支持她完成学业，甚至帮助她读大学。所以葛薇龙在踏进姑母的别墅之前就提前做足了心理准备，想好了一系列的说辞，准备对姑母动之以情晓之以理，希望用自己可怜的境况和血浓于水的亲情去赢得姑母的同情。可是，当葛薇龙向姑母表明身份之后，姑母却出言不逊，甚至直接咒骂其父，还指桑骂槐地堵住了葛薇龙想要继续开口的嘴，如："葛豫琨现在死了么？""你快请罢，给他知道了，有一场大闹呢！我这里不是你走动的地方，倒玷辱了你好名好姓的！""哟！原来你今天是专程来请安的！我太多心了，我只当你们无事不登三宝殿，想必有用得着我的地方。我当初说过这话：有一天葛豫琨寿终正寝，我乖乖地拿出钱来替他买棺材。他活一天，别想我借一个钱！"

　　尽管受到了姑母的百般刁难和当面拆台，但是天真善良的葛薇龙却不得不违拗地按下了心中的疑问和怒气，继续向这位富豪遗孀姑母好言相劝。因为这个成长阶段的葛薇龙并没有意识到，这位看上去还有些面熟的姑母完全不是全家福照片中的那个年轻女人了。这个时候的葛薇龙也不可能知道，经过几十年奢华附庸生活的姑母已经在心中暗自打起了她的如意算盘。未谙熟世事的葛薇龙自从踏进这座弥漫着半封建式豪奢腐化风气的豪宅之后，就已经慢慢陷入了姑母所布下的一系列陷阱。

　　早已人老珠黄的姑母曾经是香港社交圈中异常活跃的交际花，所以她当然不甘心自己被以前的追随者所抛弃。她打算用年轻漂亮的葛薇龙去吸引和抓住身边的男人们，所以，最后这位姑母假装好心收留了葛薇龙，心里却在盘算着怎么让这个天真懵懂的小女孩尽快接受这种骄奢淫逸的生活方式，并尽快学会交际花们吸引男人的种种手段。葛薇龙毕竟是一位思想单纯又天性爱美的女孩子，到底没有强大的意志力去摆脱房间里一大橱华美衣服的诱惑——"忍不住锁上了房门，偷偷的一件件试穿着，却都合身，她突然省悟，原来这都是姑妈特地为她置备的。家常的织锦袍子，纱的，绸的，软缎的，短外套，长外套，海滩上用的披风，睡衣，浴衣，夜礼服，喝鸡尾酒的下午服，在家见客穿的半正式的晚餐服，色色俱全。"❶虽然葛薇龙突然醒悟过来："一个女学生那里用得着这么多？这跟大三堂子里头买进一个人有什么分别？"❷这个成长阶段的葛薇龙虽然已经对今后的命运略有预感，但女孩子的虚荣心和物质欲，在无形中战胜了她脆弱的抵御能力。她完全被那满柜子的金翠所迷惑了，并且不能自拔。

葛薇龙成长阶段中的"出走—迷惘—考验"主要还是体现在她的爱情观念的转变上。当葛薇龙还是个单纯懵懂的女中学生时，对自己今后的爱情是抱着极具浪漫和美好的向往的。她在搬进姑母豪宅的时候曾经这样认为：外头人说闲话，尽让他们说去，我念我的书。后来，当葛薇龙在姑母所设置好的角色中渐渐沉沦后，亲眼看到姑母对自己的心上人卢兆麟略施小计，最后毫不犹豫地横刀夺爱抢走了他："薇龙这一看，别的还没有看见，第一先注意到卢兆麟的态度大变，显然是和梁太太谈得渐渐入港了。两个人四颗眼珠子，似乎是用线穿成一串似的，难解难分。卢光麟和薇龙自己认识的日子不少了，似乎还没有到这个程度。薇龙忍不住一口气堵住喉咙口，噎得眼圈子都红了，暗暗骂道：'这笨虫！这笨虫！男人都是这么糊涂么？'"这件事让葛薇龙对纯真爱情的最初幻想在一瞬间灰飞烟灭。她陷入了思想上的反思和迷茫。随后，富商庶子乔琪乔

---

❶ 张爱玲. 张爱玲文集 精读本［M］. 北京：中国华侨出版社，2002：216.
❷ 同上。

的出现，让葛薇龙似乎看到了爱情的新希望。但很快，当葛薇龙将自己交给乔琪乔之后，立马又撞见他与侍女调情。虽然有心理准备，但葛薇龙还是被乔琪乔如此快速的移情别恋震惊了，所以她"进了房，站在当地，两条手臂直僵僵地垂在两边，站了一会，扑向前倒在床上，两只手仍旧直挺挺地贴在身上，脸跌在床上，重重地撞了一下，也不觉得痛，她就这样脸朝下躺着，躺了一夜，姿势从没有改过。脸底下的床单子渐渐的湿了，冰凉的水晕子一直浸到肩膀底下，第二天她爬起身来的时候，冻得浑身酸痛，脑门子直发胀。"❶ 至此，过往的关于美好爱情的理想已经被彻底摧毁，葛薇龙从内心深处无法接受纯物质交换的男女关系，又没有办法说服自己放弃眼前的骄奢生活。这个成长阶段的葛薇龙在思想上完成了从"天真纯情少女"角色中的"出走"；然后，她又陷入了"对爱情本质思考"的"迷惘"状态，并一度想离开姑母的豪宅从而摆脱深陷的泥潭；最后，葛薇龙在面对"回到豪宅继续交际花角色"和"离开姑母去寻求新生活"这两大难题中经历了思想的考验与灵魂的拷问："她突然决定不走了——无论怎样都不走。从这一刹那起，她五分钟换一个主意——走！不走！走！不走！在这两个极端之间，她躺在床上滚来滚去，心里像油煎

---

❶ 张爱玲．张爱玲文集：精读本［M］．北京：中国华侨出版社，2002：233．

似的。"❶

  但是，葛薇龙在经过了再三考虑之后，却错误地将自己的未来下注到了浪荡子乔琪乔身上。再加上此时，姑母又对葛薇龙进行威逼利诱，并乘机将她推到了老情人司徒协的怀里。已经沉迷于靡丽生活的葛薇龙，如果说在此之前还来得及离开豪宅的话，那么司徒协摸黑粗暴地套在她纤细手腕上的笨重金刚石手镯，则是彻底地将她囚禁于无尽的堕落深渊中了。而姑母为了达到长期控制葛薇龙和乔琪乔的目的，极力诱劝乔琪乔将葛薇龙娶进家门。她对乔琪乔说可以先让葛薇龙靠出卖肉体挣钱，等薇龙不能挣钱养家了，乔琪乔大可随时离婚："我看你将就一点罢！你要娶一个阔小姐，你的眼界又高，差一些的门户，你又看不上眼。真是几千万家财的人家出身的女孩子，骄纵惯了的，哪里会像薇龙这么好说话？处处地方你不免受了拘束。你要钱的目的原是玩，玩得不痛快，要钱做什么？当然，过了七八年，薇龙的收入想必大为减色。等她不能挣钱养家了，你尽可以离婚。在英国的法律上，离婚是相当困难的，唯一的合法的理由是犯奸。你要抓到对方犯奸的证据，那还不容易？"❷最终，在姑母指导下，葛薇龙如愿和乔琪乔结了婚，但却更加深深地陷入了帮姑母勾引男人、帮乔琪乔赚钱供其挥霍

---

  ❶ 张爱玲. 张爱玲文集：精读本 [M]. 北京：中国华侨出版社，2002：238.

  ❷ 同上。

的高级交际花境地。这个成长阶段的葛薇龙已经彻底沦为姑母的傀儡。由于她没有经受住人性中爱慕虚荣、惧怕吃苦、爱情幻灭的考验，再加上姑母和男友的错误引导，所以她没有办法做到出淤泥而不染。这个成长阶段的葛薇龙已经彻底丧失了纯真质朴的本性，并且开始对自己的生活与人生进行了一定程度的"反思"（尽管这样的反思非常肤浅，而且走向了错误的深渊），而这种缺乏勇气与正确方向的"反思"必然导致迷失方向的"顿悟"。小说的最后，葛薇龙对于自己的人生和自我的认识也并不是没有一点清醒的时刻，她清楚地知道自己和那些站街卖笑的烟花女子并无区别："乔琪笑道：'那些醉泥鳅，把你当做什么人了？'薇龙道：'本来吗，我跟她们有什么分别？'乔琪一只手管住轮盘，一只手掩住她的嘴道：'你再胡说——'薇龙笑着告饶道：'好了好了！我承认我说错了话。怎么没有分别呢？她们是不得已，我是自愿的！'"读到这里，我们不得不承认张爱玲关于爱情叙述的无限绝望和彻骨寒冷：葛薇龙在约会当晚发现了乔琪乔的不忠之后，对他的爱情早已蜕化为虚无，但自己的虚荣心理和物质欲望却日益膨胀。所以，她认为自己已经无法摆脱眼前的一切。在这种错误却又强烈的自我的暗示之下，葛薇龙认为自己只有选择继续留下，并半推半就地把自己的身体和青春完完全全地卖给姑母和乔琪乔。小说突然结束在湾仔烟花璀璨的海滩上，张爱玲并没有再叙述这位年轻美丽的女中学生的悲惨结局，但我们已经从葛薇

龙一系列成长过程的叙述结构中看出：她的未来必定是一潭绝
望的死水。而爱情是什么？幸福又是什么？人生的意义何在？
葛薇龙似乎永远都没有机会想明白。

在《沉香屑：第一炉香》中，张爱玲完整地将女主人公
葛薇龙成长的过程淋漓尽致地展示给了读者：天真—诱惑—出
走—迷惘—考验—失去天真—顿悟—认识人生和自我。这个过
程也就是所谓的小说人物成长的心路历程。张爱玲似乎习惯于
将结痂的伤口，一块一块地剥出渗血的皮肉，让读者直接面对
这种触目惊心和无法逃避的伤痛。张爱玲用极其冷静、理性而
文雅的叙述笔法将葛薇龙一步一步逼迫到人性的考验关口，然
后冷眼看着她坠入泥潭。最后，当读者被故事的戛然而止所惊
醒时，才恍然大悟：张爱玲带有亲历性成长主题的叙事结构，
以及葛薇龙清晰而又残酷的成长模式，似乎并不是胡乱的小说
虚构，而是可以在任何一个社会与时代中发生的。

（4）"动态性"的成长主题因素。

关于"成长小说"的第四点定义是："从结果上看，主人
公在经历了生活的磨难之后，获得了对社会、对人生、对自我
的重新认识。这种认识必须是主人公本人明确而切肤的感受。
因为只有这样，他才真正获得了成长。换句话说，成长小说的
主人公一定是动态人物（dynamic character）。"❶

---

❶ 芮渝萍. 美国成长小说研究 [M]. 北京：中国社会科学出版社，2004：
7-8.

正如前面的分析，《傲慢与偏见》的故事叙述并不是一路高歌、顺利发展的，而是一波三折、曲折婉转的。在故事的一开始，由于达西在社交舞会上拒绝跳舞，惹恼了伊丽莎白，所以女主人公在小说一开始对达西就怀有不满的偏见；在遇到英俊嘴甜的韦翰后，伊丽莎白又听信了他编纂的关于达西的负面谣言，从而对达西更加不满甚至鄙视，反而对大话连篇的韦翰青眼有加并心生爱慕；再后来伊丽莎白的妹妹莉迪亚不知道韦翰的为人，她年纪小又虚荣和无知，被韦翰伪装的外表所蒙蔽，公然和韦翰私奔。然而韦翰是个既穷困又势力的花花公子，他只会和莉迪亚玩玩而已，不会和莉迪亚结婚。而私奔在当时的英国社会意味着一辈子不能得到社会认可，他们也不属于正式的夫妻，私奔对于一个家庭是声誉上的巨大损毁，所以达西暗中调查，找到了他们的行踪，并花大笔金钱促成了韦翰和莉迪亚结婚，以此挽回了伊丽莎白一家的声誉，这样既对伊丽莎白好，也可以使其他几个女儿免于受人质疑。而故事到了这里，之前的悬念才得以揭开，原来韦翰是达西家的老佣人的儿子，但是韦翰这个人人品非常坏，而且放荡，挥霍无度，不学无术，达西深知他的为人，对他很不屑；更因为韦翰曾勾引达西的妹妹，达西对他是鄙视和厌恶的。而韦翰对达西的感情是嫉妒与恨，因而恶意中伤达西。当伊丽莎白知道事实的真相后，悔恨不已，内心既责怪自己的先入为主、以貌取人，又觉得愧对达西的一片热忱。主人公伊丽莎白在这样的一波三折中，通过对世事变化的观察与思考，加上内心不断的感悟和反省，完成了明确而切肤的感受，并且真正获得了成长。

所以女作家奥斯丁想在这样一个一波三折的叙述结构中所表达的，并不是对伊丽莎白某一时期或时刻的言行举止是成功还是失败的判断。相反，奥斯丁始终将焦点聚集在女主人公伊丽莎白对自身和周遭人群爱情婚姻观念的固有思想、发展转变和最终成型的这样一个动态的成长过程。所以说，从"动态性"的成长主题因素来看，奥斯丁的小说记录了年轻人道德和心理成长过程，是一段典型的小说女主人公精神和心灵的成长之旅。

在《沉香屑：第一炉香》中，女主人公葛薇龙的人物形象也是这样一种动态的人物形象。从上述的成长过程中，我们可以知晓，葛薇龙的成长并不是波澜不惊的。相反，她从天真地寻求学费赞助人，到沉溺于物质享受，然后陷入与乔琪乔的情感纠葛，最后沦陷成为姑母和乔琪乔的赚钱工具。葛薇龙在短时期之内的整个成长过程都充满了动态元素和戏剧变化。她的成长过程展示了一位天真少女如何一步一步丧失天真的悲剧故事，也展示了一位懵懂少女如何被一次次诱惑而坠入深渊的人性堕落，当然还展示了物欲、情欲对人善良本质的暴力性摧毁，以及人本身道德的不堪一击。在张爱玲的这篇小说中，葛薇龙这一动态人物形象的特别之处还在于：其实她对自己的处境和未来的遭遇一直是有自省的意识

的。葛薇龙长期纠缠在自欺欺人与自省反思之间。这种时常
出现的内在心理矛盾使得葛薇龙这一人物形象更加具有真实
性和动态性，也使得读者切身地体会到葛薇龙在经历生活的
磨难之后，获得的对社会、对人生和对自我的重新认识和定
位（尽管她的认识和定位并不正确，但这种认识却反映了主
人公本人明确而切肤的感受）。

4. 简·奥斯丁与张爱玲小说成长主题中的女性特色

由于自身是女性作家，并且所创作的小说作品中也都是以
女性作为主人公，所以奥斯丁被认为是英国文学史上第一个真
正从女性心灵深处探索女性成长奥秘的女作家❶，也被认为是
英国文学史上第一位以女性的眼光来观察女性成长的重要小说
家❷。如前文所述，她最著名的代表作《傲慢与偏见》是以19
世纪初保守和闭塞状态下，英国乡镇中的小乡绅班纳特家最富
智慧和最机智的二女儿伊丽莎白为主人公，以班纳特太太整天
操心着为5个女儿物色称心如意的丈夫为故事背景，通过日常
生活中女主人公与其他人物在爱情与婚姻等方面的矛盾冲突来
呈现女性主人公伊丽莎白的成长过程。

---

❶　王卓. 投射在文本中的成长丽影［M］. 北京：中国书籍出版社，2008：
36.

❷　芮渝萍. 英国小说中的成长主题［M］. 宁波：宁波大学学报，2004
（3）：29.

奥斯丁通过小说人物的爱情与婚姻生活的悲欢离合，开创了女性成长小说的一个普遍模式：女性青少年的成长困惑和她们的爱情婚姻有密切关系。爱情观、婚姻观的形成与发展，成为她笔下女性成长小说的共同特点。

奥斯丁小说中的成长主题具有自己独特的女性特色，主要表现在以下两点。

第一，奥斯丁从女性叙述者的叙述角度，详细地描写她们成长过程中的家长里短和生活琐事，以此来反对当时英国社会对女性的偏见和歧视。茱莉亚·普瑞维特·布朗（Julia Prewitt Brown）的《简·奥斯丁的小说：社会变革和文学形式》（*Jane Austen's Novels: Social Change and Literary Form*，1979年），是一部使用引申拓展的方式来为奥斯丁辩护的论著。在回溯了历史上所有关注家庭婚姻和日常小事的女性小说家之后，布朗希望回到西方批评传统的源头，找出那些大力赞颂奥斯丁小说技巧造诣非凡，但同时又对奥斯丁小说中关于妇女日常琐事的写作选题表示蔑视的评论。布朗认为，奥斯丁"在英语小说历史上，首次给家庭生活赋予了意义，展示了婚姻和家庭的文化意义"❶，她的小说是伟大的艺术和社会的重要记录，因为奥斯丁在小说中表明了她笔下女主人公的生活"与

❶ Julia Prewitt Brown. Jane Austen's Novels: Social Change and Literary Form [M]. Cambridge, MA: Harvard UP, 1979: 1.

她们个性和状况的综合描述相称"❶，小说提供了"社会和道德变化的近景，利用讽刺手法构思小说，最终反映了社会阶级的紧张态势，而不仅仅是一部技巧绝佳的普通社会风俗喜剧"❷。在分析奥斯丁小说对婚姻和家庭关系的处理上，布朗指出了一些评论家的错误观念，那就是他们认为伟大的艺术家不应该将关注点放在琐碎细小的家庭话题上。她提供了一个在奥斯丁的时代，人们婚姻存续期间的颇有见地的婚姻检验方式。她还坚持认为，尽管小说家"不是特别有传统取向"，但"她笔下的社会却是。"❸尽管 18 世纪末 19 世纪初的英国社会对于妇女的个人限定十分复杂烦琐，但是奥斯丁并没有简单地对全社会所设定的一系列法则法规、道德规范等逆来顺受。相反，奥斯丁将她自己对社会的评判在小说中使用反讽和讽刺的手法透露出来。奥斯丁将自己的小说结构定位为反讽喜剧或者讽刺现实主义的作品。布朗用文本细读法揭示了奥斯丁如何使用这些小说写作技巧将婚姻和追求精神独立、实现自我价值、推翻保守观念束缚的妇女家庭关系的重要性揭示出来。布朗指出，在奥斯丁的作品中，家庭话题并没有"占领世界的一个

---

❶ Julia Prewitt Brown. Jane Austen's Novels：Social Change and Literary Form [M]. Cambridge, MA：Harvard UP, 1979：4.

❷ 同上，p. 5.

❸ 同上，p. 21.

角落"❶，而是存在于在世界的某个角落。最后，布朗总结到，奥斯丁是第一位"揭示妇女在社会阶级中的影响和重要性"的女作家，她"明确而有力地表达了妇女们未曾说出口的她的性别价值所在"。❷

第二，奥斯丁笔下的主人公的爱情观和婚姻观是在不断成长中逐渐形成的，最后达到了一种不激进也不消极，并且十分理性的成熟状态，这也和当时流行的许多观念大不相同。在奥斯丁看来，为了财产和地位而结婚是错误的，但婚姻不考虑财产也是愚蠢的。帕特丽夏·梅耶·斯柏克斯（Patricia Mayer Spacks）声称奥斯丁"在虚构的关系中定义微妙的情感平衡点，即妇女们必须在致力委身于他人和保护自我独立之间保持平衡"。❸ 更为激进的女权主义者们通常对奥斯丁笔下的女主人公对其在社会中的传统角色表示表面上默许的写法表示不赞同。而斯柏克斯则和那些激进派的观点不同，她相信这些虚构的女性，婚姻不仅仅是一个可接受的妥协，相反，它会变成一种自觉的"对她们孩子气的放弃或抑制"❹ ——一种主动示范成熟的行为。

---

❶ Julia Prewitt Brown. Jane Austen's Novels: Social Change and Literary Form [M]. Cambridge, MA: Harvard UP, 1979: 115.

❷ 同上，p. 157.

❸ Patricia Meyer Spacks. The Female Imagination [M]. New York: Knopf, 1975: 106.

❹ 同上，p. 115.

奥斯丁笔下的女主人公们在小说的创作期间，开始从真正的青少年成长为成熟的女性。这一过程在斯柏克斯看来，表明"女性青春期"可以是"人生发展的一段好时光，不仅仅是被时间淹没和放弃的"。❶

同样，艾伦·莫尔斯（Ellen Moers）在其论著《文学女性：伟大的作家》（Literary Women：The Great Writers，1976年）中，将奥斯丁的作品同早期女权主义传统联系起来，因为奥斯丁的作品曾表现出对社会经济基础的关心，还表现出对在当时社会环境下女人对男人依赖的关注。莫尔斯认为，奥斯丁对婚姻的关注是正确的，因为一段门当户对的婚姻在当时确实也是一种确保女性前途和解决后半生温饱问题的有效方法和手段。莫尔斯强调奥斯丁对金钱的关注也是重视实际的现实主义的标志。莫尔斯认为，难怪人们喜欢爱默生发现了奥斯丁对于金钱的"庸俗"态度，因为她敢于在父权制社会的强大势力面前道出真相。❷

张爱玲作为一位生长在新旧社会交替的巨变时代的女性，从小就意识到家里对待男孩和女孩的态度是不一样的。首先，在张爱玲 8 岁以前，让她所体会到的男女不平等这样一个道理

---

❶ Patricia Meyer Spacks. The Female Imagination ［M］. New York：Knopf, 1975：134.

❷ Ellen Moers. Literary Women：The Great Writers ［M］. New York：Doubleday, 1976.

的来源是她的弟弟张子静。虽然张子静本人只是个无辜的幼儿，但在旧式家庭中的尊贵地位是不可忽视的。由于她的弟弟生得白净秀气，又比张爱玲小不了几岁，所以一直被父母偏爱。但是，最让张爱玲忍受不了的是家里的佣人极其强烈的男尊女卑意识："领她弟弟的女佣唤做张干，伶俐要强，处处占先，领她的女佣因为带的是女孩，自觉心虚，凡事都让着张干，张爱玲不服，常与张干争起来，张干常常就要说：'你这个脾气只好住独家村！希望你将来嫁得远远的——弟弟也不要你回来！'——因为这个家将来是她弟弟的。张爱玲常被她气得说不出话来。她后来半真半假地称：'张干使我很早地想到男女平等的问题。'"❶后来，在张爱玲的一些小说里也出现了这些思维陈旧、狗仗人势、察言观色、趋炎附势又刁钻霸道的佣人形象，如《沉香屑：第一炉香》里葛薇龙姑母的贴身女佣睨儿。

其次，张爱玲父母之间的不和谐关系和水火不相容的人生观给她带来了深远影响。张爱玲的母亲黄逸梵是清末长江七省水师提督黄翼升的女儿。她不仅喜欢西方文化，而且连相貌都十分的西洋化："她是个西洋化的美夫人，头发不大黑，肤色不白，像拉丁人，张从小一直听人说她像外国人，也一直对母亲的血缘感到好奇。多年以后，这种好奇心促使她去大看人种

---

❶ 余彬．张爱玲传［M］．桂林：广西师范大学出版社，2001：14．

学书，搜寻白种人史前在远东的踪迹。她母亲当然不是因为长相上的原因而天生对西洋有一种向往。"❶黄逸梵一直想到国外接受先进的思想教育，可无奈没有机会。然而，张爱玲的父亲张志沂虽也是名门之后，但却是一个有着顽固封建思想的晚清遗少。他长期吸食大烟，包养姨太太，好逸恶劳、坐吃山空、脾气暴戾、生活腐朽、自甘堕落。由于是被迫嫁给张志沂，黄逸梵忍受不了丈夫的恶习，常常与丈夫争吵，家庭中矛盾纠纷不断。在张爱玲4岁那年，黄逸梵借口小姑子出国留学需要监护人，便偕同出洋。4年之后，母亲在父亲的央求下终于回国了，8岁的张爱玲欣喜若狂。这时候的黄逸梵操着一口十分流利的英文，并且言行举止全部都散发着西方淑女的魅力。小爱玲面对陌生的母亲既开心又拘谨，因为她害怕自己会惹母亲不高兴而再次离家出走。母亲教张爱玲弹钢琴，教她西方社会聚会礼仪，教她笑不露齿的淑女气质。这个时候的母亲是张爱玲眼中熠熠生辉的女神，母亲所描绘的世界是与昏暗记忆中父亲暮霭沉沉的房间完全不一样的空间。可是，母亲后来再次离家出洋，再一次遗憾地错过了张爱玲成长的关键时期；当她再次回到女儿身边的时候，女儿已经中学毕业。

可见，张爱玲的父母二人虽然都是旧婚姻制度的受害者，但父亲早已被旧制度所腐化，不仅作茧自缚，而且想以此拉住

---

❶　余彬. 张爱玲传［M］. 桂林：广西师范大学出版社，2001：15.

妻子一起堕落；但张爱玲的母亲则有明确的个性意识，不惜做出亲子关系的牺牲，最后冲破枷锁从而改变命运。在对子女的态度上，张爱玲的父亲是个完完全全的封建家长，在张爱玲与后母争吵之后，将生病的张爱玲关押禁足不予医治，差点害死张爱玲。从这个角度上来讲，张爱玲的父亲甚至可以说是个专制暴君。张爱玲的母亲虽然没有尽到母亲的职责，但她是为了争取女权和独立而不得已做出的选择，可谓"事出有因，情有可原"。

尽管母亲在张爱玲早期成长过程中的缺席造成了张爱玲与母亲僵持一生的紧张母女关系。但母亲这种敢于挑战封建陈旧家长制的新派作风、勇敢精神和独立自主的女性意识，对于早慧又敏感的张爱玲来说无疑留下了深深的记忆烙印，甚至可以说助推了张爱玲早期人格与成年之后独立个性的形成，并影响了她很多作品中关于女性人物的人生观和价值观的塑造。

在张爱玲的小说《沉香屑：第一炉香》中，一系列的男性角色身上都可以嗅到她父亲的腐朽气息：富商姑父梁季腾的三妻四妾，乔诚爵士的二十几房姨太太，司徒协长期包养的外地情人，乔琪乔纨绔子弟的遗少做派，等等。而这篇小说中的女性形象则相当出彩，不管是作为富商遗孀的姑母，还是沦为交际花的葛薇龙，甚至是脾气刚毅的女佣睇睇和八面玲珑的女佣睨儿，在她们身上或多或少都映射出了张爱玲母亲这样一种"新女性"的影子（尽管她们身上的"新"是有局限性和时代性的）。

所以，张爱玲小说中的成长主题也具有自己独特而鲜明的女性特色，笔者认为主要体现在以下两点。

第一，张爱玲也习惯从女性叙述者的角度讲述故事。她擅长描写不同女性角色在其成长过程中的具体遭遇和反抗行为，以此来揭示中国封建旧制度下父权社会对女性的压迫和女性的自我救赎。首先，张爱玲习惯从女性角色的视角对男性角色进行观察和定位。张爱玲小说中的男性形象几乎都是不健康和有缺陷的，有些甚至是患有严重残疾的。而这种女性视角中的男性残疾大致可以分为两种：第一种是身体上的残疾，第二种是思想上的残疾。身体上的残疾剥夺了男性的身体优势，而思想上的残疾削弱了社会的父权专制。张爱玲小说中身体有残疾的男性角色有很多，如《金锁记》中的姜二爷。除了他之外，他的儿子蒋长白，虽然已近十四岁，但骨瘦如柴，看上去只有七八岁，也属于身体上有残疾这一类。至于思想上有残疾的男性角色，则可细分为两类：第一类是游手好闲、吃喝嫖赌、吸食大烟、玩弄女性、游戏人生的男性；第二类是被社会边缘化的多余男性，就像《沉香屑：第一炉香》中的乔琪乔一样。因为他是富商的庶子，所以既没有人瞧得起他，也没有人想要教育好他。他只好整日无所事事、处处留情、坐吃山空、听任命运的摆布。当然，乔琪乔这位浪荡不羁公子哥的形象也是通过身边的两位女性角色视角加以塑造的。第一位是乔琪乔的妹妹吉婕："他！他在乔家可以算是出类拔萃的不成材了！五年前他考进了华大，念了半年就停了。去年因为我姊姊吉妙的缘故，他又入了华大，闹了许多话柄子。亏得他老子在兄弟中顶不喜欢他，不然早给他活活气死了。薇龙你不知道，杂种的男孩子们，再好的也是脾气有点阴沉沉的。"[1]第二位是葛薇龙姑母家的女佣睨儿："姑娘你不知道，他在外面尽管胡闹，还不打紧，顶糟的一点就是：他老子不喜欢他。他娘嫁过来不久就失了宠，因此手头并没有攒下钱。他本人又不肯学好，乔诚爵士向来就不爱管他的事。现在他老子还活着，他已经拮据得很，老是打饥荒。将来老子死了，丢下二十来房姨太太，十几个儿子，就连眼前的红人儿也分不到多少家私，还轮得到他？他除了玩之外，什么本领都没有，将来有得苦吃呢！"[2]

其次，张爱玲习惯从女性叙述者的角度去展示女性角色内心的对抗。张爱玲小说中女性的反抗力度普遍强于男性。但在大多数情况下，她们保持沉默、怀疑、焦虑和压抑的状态。她们通常会在故事情节发展的中途进行沉默无声但力度较强的内心挣扎与反抗，但最后被迫服从于外界过于强大的力量，从而形成扭曲的人格、畸形的认知和悲惨苍凉的结局。例如，《沉香屑：第一炉香》中的葛薇龙，她其实也是一位新派女性，所以才会只身一人前往姑母家寻求帮助；她会讲英文和法文，会弹钢琴和唱歌，她上的是新式学校，也懂得上流社会的规矩

---

[1]　张爱玲. 张爱玲文集：精读本 [M]. 北京：中国华侨出版社，2002：224.

[2]　同上。

与礼仪；并且在看到乔琪乔的真正面目之后，试图离开香港回到老家："那我管不了这许多。反正我是要回去的。我今生今世再也不要看见香港了！"❶但无奈姑母和乔琪乔所代表的旧势力力量太过强大，这使得葛薇龙放弃了挣扎："薇龙突然起了疑窦——她生这场病，也许一半是自愿的；也许她下意识地不肯回去，有心挨延着……说着容易，回去做一个新的人……新的生命……她现在可不像从前那么思想简单了。念了书，到社会上去做事，不见得是她这样的美而没有特殊技能的女孩子的适当的出路。她自然还是结婚的好。那么，一个新的生命，就是一个新的男子。一个新的男子？可是她为了乔琪，已经完全丧失了自信心，她不能够应付任何人。乔琪一天不爱她，她一天在他的势力下。"❷张爱玲的小说对女性角色塑造的突破，体现了作家对旧时代女性被压迫的愤怒与绝望，也体现了作家对这种不平等的父权社会陈腐传统的不屑与痛斥。

　　相比 20 世纪中后期的其他作家，张爱玲小说中的成长主题具有更加鲜明的女性特色。在主流文学界一片抗日救国的浪潮声中，张爱玲独辟蹊径，将视角转向了新旧社会制度交替时期的女性生存世界——爱情、婚姻、家庭。张爱玲在小说集《传奇》中就塑造了一系列苟延残喘地生活在父权制度之下的

---

❶　张爱玲．张爱玲文集：精读本［M］．北京：中国华侨出版社，2002：235.

❷　同上，第 236－237 页。

女性形象。作为一位中国现代女性作家，张爱玲从女性本身出发，对女性的成长过程和最终悲惨的结局投去了关注的目光和亲切的同情。张爱玲的小说对这些在经济和精神上均缺乏独立自主意识的女性进行了深刻的思索和反省，并在小说中向读者发出了呐喊和疑问："为什么经过了顿悟、反思和抵抗之后的女性命运还是一样以悲剧结束？父权社会制度和封建文化思想对女性的摧残到底有多深？"此外，张爱玲更是将探索深入女性成长过程中的精神世界和意识范畴。在对女性的悲惨遭遇表示了深切同情和对父权社会进行了严厉控诉之后，张爱玲还对女性自身的人格弱点进行了反省与批判，开启了女性自我批评的新视野，她"让女性在自己的位置上自演自绎，呈现其矛盾、压抑、自我冲突以致丑怪畸形的深层面貌"❶。小说的叙事主角几乎都是女性，这些女性人物居住的地点多是张爱玲熟悉的上海或香港。例如《沉香屑：第一炉香》中的姑母梁太太、葛薇龙等，她们关注的焦点不是外界的战火纷飞，而是眼前的悲欢离合。这些女性人物几乎都把获取男人的喜爱当作了自己的正业，把缔结良缘当成了金钱和物质交换的途径。她们在将自己的身体当成商品交换的同时也就失去了女性应有的独立人格和自尊，甚至在潜意识中还会继续助长封建父权，并且施害于人（如葛薇龙的姑母梁太太）。张爱玲指出，旧制度下

---

❶ 姚玳玫. 想像女性：海派小说（1892—1949）的叙事［M］. 北京：中国社会科学出版社，2004：275.

造成女人们的生存危机和悲惨命运的主要原因有两种，第一种是外在原因，即社会因素对女性的禁锢与残害；第二种是内在原因，即女性内心深处不易察觉的自私、懦弱与奴性思想。相比之下，第二种原因是更为重要的。所以，张爱玲在更加深刻的层面指出了——女性的悲剧命运不仅仅在于外界环境的恶劣影响，更在于人本性中的劣根性。这就使得张爱玲的小说摆脱了单纯地分析女性悲剧命运的外部原因，升华到了对普遍意义上的人性本质的深刻剖析。

总之，张爱玲的小说在对女性饱含同情的基础上，对女性心理的阴暗角落进行了彻彻底底的审视与揭露。这样的创作思想让她的小说对人类精神层面进行了哲学性剖析，从而避免了对女性角色进行扁平化的塑造。张爱玲为小说创作中的女性成长主题开启了新的篇章，拓展了女性心理批评的新领域，并对后来的女性文学创作具有意义非凡的新启示。

第二，张爱玲笔下女性主人公的爱情观和婚姻观也是在成长过程中逐渐形成的。但张爱玲小说中的女性最后对待爱情和婚姻的态度都比较悲观，只有少数可以达到较为理想的成长状态，而这一点和奥斯丁的爱情观和婚姻观有所出入。这也和张爱玲特殊的成长经历密不可分。

奥斯丁小说中的女性通常是在成长过程中通过了经济独立和身份地位的严峻考验，从而得到了美满幸福的爱情与婚姻。奥斯丁的这种美满的结局不仅体现了她思想上的理想主义和乐观精神，也是对当时拜金主义的完美反击。相反，张爱玲的那个时代正是中国封建旧制度一息尚存的时代。张爱玲在幼年与青少年的成长时期也目睹了父母包办婚姻的不幸过程。所以，她通过描述女性在重压之下的无奈挣扎和绝望生存，抨击了父权社会对女性爱情和婚姻的毁灭性禁锢。

当时评价女性美满婚姻的期待标准通常是看男方是否拥有夯实的经济基础和较高的社会地位，而其他的感情因素则可以放在一边，甚至可以忽略不计。然而，张爱玲却反对这样的评判标准。在她的小说中，几乎所有女性角色的爱情理想都不会完美实现，几乎所有女性角色的婚姻期待都不会达成。张爱玲通过描写女性在爱情和婚姻中所受的压迫与苦痛，想要告诉读者——在当时的社会中，没有一种婚姻模式是女性的完美归宿。张爱玲的爱情观和婚姻观悲观而绝望。她认为女性悲剧性命运结局的起因就是婚姻。首先，婚姻悲剧是由父权婚姻制度造成的。在张爱玲那个时代，女人在婚姻中期待爱情是不道德的，所以个人的情感在婚姻中被忽略了。女性不仅没有个人的尊严和独立的地位，而且还被剥夺了选择和谁结婚的权利。所以，在缺乏爱情基础的婚姻中所产生出来的冷漠氛围会给家庭成员带来很多痛苦。然而，在父权婚姻制度下，男人可以通过合法纳妾来弥补这一情感上的缺陷，而女性则必须忍受与其他女人分享丈夫的屈辱，这给她们原本压抑和悲惨的生活增加了更多的痛苦。其次，女性在经济上的不独立是导致女性婚姻悲剧的另一重要原因。有一些女性虽然敢于反抗父权传统，渴望成为自己命运的主人，但没有一个人能够获得最终的幸福，因为她们没有在经济上取得独立。

因此，从这个意义上讲，葛薇龙从最初对爱情的美妙幻想，到后来的被情所伤，再到最后出卖自己赢得婚姻的无奈选择，也可以说得上是女性对自身爱情和婚姻的一种自我救赎了："薇龙垂着头，小声道：'我没有钱，但……我可以赚钱。'梁太太向她瞟了一眼，咬着嘴唇，微微一笑。薇龙被她激红了脸，辩道：'怎么见得我不能赚钱？我并没问司徒协开口要什么，他就给了我那只手镯。'"❶ 虽然葛薇龙的这种选择让人心酸，但至少她知道要想掌握自己的命运就必须在经济上独立，甚至可以靠自己的收入支撑起整个小家庭。更重要的是，她知道自己的选择无非只会走向更加万劫不复的深渊，但至少这是她第一次主动掌握了自己的命运，第一次不再听从他人的摆布，第一次自己选择了心仪的丈夫（尽管这个丈夫心怀叵测）。所以，不管最后的命运是弃妇也好，还是交际花也罢，葛薇龙没有迟疑，心一横义无反顾地流泪向前走："车过了湾仔，花炮啪啦啪啦炸裂的爆响渐渐低下去了，街头的红绿灯，一个赶一个，在车前的玻璃里一溜就黯然灭去。汽车驶入一带黑沉沉的街衢。乔琪没有朝她看，就看也看不见，可是他

---

❶　张爱玲．张爱玲文集：精读本［M］．北京：中国华侨出版社，2002：238．

知道她一定是哭了。"● 也许，葛薇龙知道这是旧时代女性在每一条想要摆脱父权束缚的道路上必须做出的牺牲，只有在经济上独立后才能真正踏出实现自我成长的第一步。

二、简·奥斯丁与张爱玲小说中成长主题的比较研究

简·奥斯丁的《傲慢与偏见》与张爱玲的《沉香屑：第一炉香》，这两部女性作家的小说最显著的特点之一是成功地刻画了简、伊丽莎白与葛薇龙、梁太太等主要女性形象。这无疑是女性形象塑造的一个进步，也是小说成长主题的一个突破。在奥斯丁的小说中，女性角色们的特点是拥有乐观精神、独立意识和完美结局。而在张爱玲的小说中，女性角色一般都要比男性角色智慧、勤劳和坚韧，但是她们大多沉默寡言、抑郁焦虑，甚至悲观绝望。所以，两位女性作家笔下的人物，特别是女性人物的成长过程具有相同之处和不同之处，笔者将逐一进行分析。

1. 简·奥斯丁与张爱玲小说成长主题的相同之处

简·奥斯丁的时代正是欧洲资本主义飞速发展的时代，也

● 张爱玲. 张爱玲文集：精读本 [M]. 北京：中国华侨出版社，2002：240.

是人类历史上妇女解放运动兴起的时期。妇女解放运动在启迪女性文学的觉醒中起了决定性作用，也奠定了奥斯丁的小说创作基调。在奥斯丁的青少年时代，发生了英国与法国长达 20 年的混战。奥斯丁也有两个兄弟在英国皇家海军服役，参加过许多重要战事。奥斯丁在他们与家人的书信往来和家族成员之间的交谈之中，了解到了千里之外的战争局势与社会变化。所以，奥斯丁虽然生活在英国较为闭塞的小乡镇中，但她通过阅读书籍资料和与人交流，间接地得知了外界社会思潮的巨大变迁。而这样的社会思潮巨变深深地影响到她的小说创作思想。法国大革命的主要历史价值就是提出了平民对僧侣贵族特权的反抗。虽然奥斯丁在小说中较少直接描写贵族，但她的小说基调是反等级特权的——她主要是通过小说中的女性角色在成长过程中对爱情和婚姻自主权利的追求，来表现对"民主、平等、自由"进步思想的拥护。

在西方的封建夫权社会中，由于经济不能独立，女性几乎都是在家里劳作，不能外出工作，也没有继承父亲家产的权利。例如，在《傲慢与偏见》中，班纳特先生给家里所有人解释家产将由表侄来继承："大约在一个月以前，我就收到了一封信，两星期以前我写了回信，因为我觉得这是件相当伤脑筋的事，得趁早留意。信是我的表侄柯林斯先生寄来的。我死了以后，这位表侄可以高兴什么时候把你们撵出这所屋子，就什么时候撵你们出去。"❶这时候班纳特太太的态度简直是怒不可遏，奥斯丁也乘机借班纳特太太的破口大骂道出了这种男性继承权的不公平和荒谬之处："'噢，天啊，'他的太太叫起来了。'听你提起这件事我就受不了。请你别谈那个讨厌的家伙吧。你自己的产业不能让自己的孩子继承，却要让别人来继承，这是世界上最难堪的事。如果我是你，一定早就想出办法来补救这个问题啦。'"❷奥斯丁笔下的班纳特先生本来是一位温文尔雅、不问世事的人物，但对于这样奇怪荒谬的继承权制度，也不由得和班纳特太太站在了同一阵营上，甚至认为这是一种强取豪夺的"罪过"："吉英和伊丽莎白设法把继承权的问题跟她解释了一下。其实她们一直设法跟她解释，可是这个问题跟她是讲不明白的。她老是破口大骂，说是自己的产业不能由五个亲生女儿继承，却白白送给一个和她们毫不相干的人，这实在是太不合情理。'这的确是一件最不公道的事，'班纳特先生说，'柯林斯先生要继承浪搏恩的产业，他这桩罪过是洗也洗不清的。'"❸ 所以，女性的抗争与男性不同——她们不能走向社会去争取社会权利，她们只能在家庭内部进行抗争，并尽量争取家庭内部的权利。而对年轻姑娘们来说，对自

---

❶ 简·奥斯丁. 傲慢与偏见 [M]. 王科一，译. 上海：上海译文出版社，1980：74.

❷ 同上。

❸ 同上。

由选择配偶权利的争取是首当其冲的。奥斯丁的小说就是从这一广泛的社会问题切入，并对女性的爱情和婚姻问题进行了深入的思考。

　　张爱玲和奥斯丁的家庭条件、社会阶级和教育程度有着相似之处——她们都出生于没落的权贵家庭，小时候家里的经济条件比一般家庭要好很多，所以才有机会接受读书写字等启蒙教育。她们都从小就喜欢读书，而且阅读的数量和范围都相当广泛。她们在成为作家之前都有大量的练习习作，并且都曾经用化名出版文章或书籍。奥斯丁一生都居住在僻静的乡村里，并且在经历了一次求婚之后又反悔，此后终身未嫁。由于身为女性，没有继承家族财产的权利，所以只好卖文求生，并且最后还是长居在兄弟所提供的乡间小房子里。奥斯丁身边主要的陪伴者只有她的姐姐和家人。而张爱玲幼年寄居在父亲家，中学毕业后又和母亲及姑姑一起生活。张爱玲的成长过程没有得到应有的父母的关爱，她迫不及待地长大成人，赚钱养活自己，却始终得不到母亲的认可。张爱玲的住所均是比较偏远的公馆。成年之后的张爱玲又遇到了这辈子不可逃脱的两大情劫——先为胡兰成落尽芳华，后为赖雅维持生计。所以，这两位才华横溢的女性作家虽然毕生热衷于文学创作，但她们的作家之路并不十分顺畅，生活的艰辛在她们面前也展露无遗，就连她们最执着的爱情与家庭也最终求而不得。显然，这样艰难的外部社会大环境与困苦的内部家庭小环境直接影响了她们的创作主题与创作内容。在奥斯丁的小说中，人物角色所经历的故事总是发生在家族成员或亲朋好友之间。在张爱玲的小说中，人物的塑造也都局限于作家身边的小环境，在一个极小的范围内对女性的成长遭遇和未来出路进行探索，几乎很少涉及社会的重大历史变迁。

没有复杂社会经验，也没有真实婚姻体验的奥斯丁常常以局外人的眼光，理智而又冷静地打量着周围的人们在爱情和婚姻过程中的各种可笑行为。在《傲慢与偏见》中，奥斯丁以嘲笑的口吻描写了班纳特太太一心要把某个女儿嫁给外甥达西，以便"把两家的地产合起来"，并且她认为达西"有义务"和"有责任"这样做；有两万英镑嫁妆的彬格莱小姐生活奢侈挥霍，只愿意与有贵族身份地位的人结识，于是她便黏上了有一万英镑年薪的达西先生。除此之外，彬格莱小姐十分反对她的哥哥彬格莱先生与班纳特家大女儿吉英之间的交往，并从中作梗试图阻止他们的情感发展。因为彬格莱小姐希望哥哥迎娶达西的妹妹乔治安娜小姐，这样一来可以"增加财产、提高地位"，二来可以亲上加亲，以此促成她自己与达西的结合；伊丽莎白的好朋友夏绿蒂平时似乎是一个颇有头脑的姑娘，她比伊丽莎白要更懂得察言观色和计较利弊得失："当跳舞重新开始，达西又走到她跟前来请她跳舞的时候，夏绿蒂禁不住跟她咬了咬耳朵，提醒她别做傻瓜，别为了对韦翰有好感，就宁可得罪一个比韦翰的身价高上十倍的人。"❶但可笑的是，精明过头的夏绿蒂在权衡自己爱情与婚姻孰轻孰重的时候，直接放弃了浪漫美好的爱情幻想，而选择了安稳舒适的婚姻现实——接受了猥琐庸俗的传教士，也就是伊丽莎白的表哥柯林斯的求婚。面对伊丽莎白的无限惊讶和质疑，夏绿蒂为自己勉强解释道："可是，只要你空下来把这事情细细地想一下，你就会赞成我的做法。你知道我不是个罗曼谛克的人，我决不是那样的人。我只希望有一个舒舒服服的家。论柯林斯先生的性格、社会关系和身份地位，我觉得跟他结了婚，也能够获得幸福，并不下于一般人结婚时所夸耀的那种幸福。"❷奥斯丁并没有花更多的笔墨去描写夏绿蒂的尴尬处境，她只是通过着力塑造柯林斯的虚伪庸俗与刻板乏味来衬托出夏绿蒂的自欺欺人。奥斯丁较为柔和地、不十分用力地描写了两个南辕北辙的人物性格，用以表现这次"闪婚"的荒谬性。但奥斯丁最为真实的想法还是通过伊丽莎白的嘴理性而平和地讲了出来："这样不合适的一门亲事，真使她难受了好久。说起柯林斯先生在三天之内求了两次婚，本就够稀奇了，如今竟会有人应承他，实在是更稀奇。她一向觉得，夏绿蒂关于婚姻问题方面的见解，跟她颇不一致，却不曾料想到一旦事到临头，她竟

---

❶　简·奥斯丁. 傲慢与偏见 [M]. 王科一，译. 上海：上海译文出版社，1980：108.

❷　同上，第145页。

会完全不顾高尚的情操，来屈就一些世俗的利益。夏绿蒂竟做了柯林斯的妻子，这真是天下最丢人的事！她不仅为这样一个朋友的自取其辱、自贬身价而感到难受，而且她还十分痛心地断定，她朋友拈的这一个阄儿，决不会给她自己带来多大的幸福。"❶ 与其他的反封建压迫的作品不同，奥斯丁小说的基调并不悲观绝望，也不声嘶力竭，反而佐以积极乐观的恋爱婚姻思想，用相当幽默诙谐的口吻讽刺了封建制度下必须门当户对的爱情和婚姻观念。所以，奥斯丁的小说大多都是一片欢腾的圆满结局，这也体现了出生于英国中产阶级的奥斯丁在时代巨变之下的乐观精神和自信心态。

和奥斯丁小说的题材和文风相似，张爱玲的小说也是围绕身边的琐事与家庭内部的矛盾展开。而且与奥斯丁一样，张爱玲小说中的矛盾与冲突并没有强烈的对照和你死我活的争斗。张爱玲笔下的抗争和抨击在表面上是收敛的、克制的以及和谐的。所以，在她的小说《沉香屑：第一炉香》中，葛薇龙等人物角色对现实采取的态度是不激烈反抗、不奋起斗争，甚至性格犹豫懦弱，被迫接受现有生活，被迫与不公的命运妥协，以求得现世安稳。在张爱玲的小说中，女性人物的思想成长的过程是循序渐进的。尽管危险和陷阱就摆在那些人物角色的面前，但张爱玲还是极具耐心和故作不知地慢慢推进，就像电影

---

❶ 简·奥斯丁. 傲慢与偏见 [M]. 王科一，译. 上海：上海译文出版社，1980：146.

镜头的慢慢移动一样。张爱玲几乎在每部小说的开篇处都像是为读者展开了一部宽屏幕的老电影，并且在故事的开头还有一位循循善诱的长者向读者缓缓道来。例如，在《沉香屑：第一炉香》中："请您寻出家传的霉绿斑斓的铜香炉，点上一炉沉香屑，听我说一支战前香港的故事。您这一炉沉香屑点完了，我的故事也该完了。在故事的开端，葛薇龙，一个极普通的上海女孩子，站在半山里一座大住宅的走廊上，向花园里远远望过去。"❶张爱玲笔下的这些描写颇似电影剧本的开头，对读者的视觉感官造成直接的刺激，仿佛不紧不慢地拉开了一场好戏的幕布。尽管这些"好戏"中的女性成长之路布满了荆棘与陷阱，但是没有关系，张爱玲会慢慢地将她们往前推。而被作者以平和缓慢的速度推向深渊的她们，似乎在毁灭之路上也就不再恐惧。乍一看其乐融融，仔细一想彻骨冰凉，这就是张爱玲小说的魅力之一。

张爱玲的这种不紧不慢的行文导致小说的结尾都有一个相似的特点——在缓缓叙述了女主角的成长过程之后，并不对女主角的结局给出一个固定的范式，反而会给读者一个有导向性的开放式结局，往往留出空间让读者自己回味和猜想。例如，在《沉香屑：第一炉香》的结尾，张爱玲这样描述道："他（乔琪乔）把自由的那只手摸出香烟夹子和打火机来，烟卷儿

---

❶ 张爱玲．张爱玲文集：精读本［M］．北京：中国华侨出版社，2002：206．

衔在嘴里，点上火：火光一亮，在那凛冽的寒夜里，他的嘴上
仿佛开了一朵橙红色的花，花立时谢了，又是寒冷与黑暗……
这一段香港故事，就在这儿结束……葛薇龙的一炉香，也就快
烧完了。"❶小说在浪荡子乔琪乔的特写中结束，然后又回到了
叙述者的娓娓道来的口吻，像大屏幕的幕布缓缓拉上了一样。
小说的结尾寥寥几句，却道出了葛薇龙未来凄惨的命运。

2. 简·奥斯丁与张爱玲小说成长主题的不同之处

（1）创作风格不同。

简·奥斯丁的作品闪耀着喜剧的光彩，喜剧的情节，皆大
欢喜的结局，读来轻松愉快，就如同在一个惬意的下午和老朋
友喝茶谈天，周围是明朗的天和青翠的树。而读张爱玲的作
品，感受到的却像是在一间昏暗潮湿的屋子里，躺在床上回味
刚才做过的一个荒唐的噩梦。奥斯丁作品中除了财产，主人公
还有爱情，最重要的是无论经过什么挫折，永远是有情人终成
眷属。《劝导》中，安妮与温特沃斯上校破镜重圆；《爱玛》
中爱玛最终与奈特利先生心心相印；《理智与情感》中，埃丽
诺与玛丽安终身有靠；《傲慢与偏见》中，吉英与伊丽莎白姐
妹俩如愿以偿，高攀贵胄。可见简·奥斯丁是个乐观主义者，
虽然她终生未嫁。

---

❶ 张爱玲. 张爱玲文集：精读本 [M]. 北京：中国华侨出版社，2002：
240.

奥斯丁作品的基调是轻松愉快的，张爱玲则完全不同。张爱玲是当事人，她没有心情去嘲笑自己，以及那些与自己处境、地位相同的女子。在她的作品中，没有嬉笑怒骂的嘲讽，也没有田园诗般的轻松。仿佛是在光怪陆离的十里洋场上呼啸而过的一阵寒风，她通过自己创造的主人公，将压抑在心底的不平一吐为快。

张爱玲的作品，一切美好的东西都没有容身之地，青春、热情、幻想、希望都如同一个个肥皂泡，很快灰飞烟灭，剩下的是命里注定的悲剧。《沉香屑：第一炉香》中的葛薇龙为了所谓的爱情成了赚钱机器，仍然没有得到乔琪乔的心；《金锁记》里的曹七巧亲手毁了自己和儿女的幸福；《十八春》写了一个恐怖的故事，姐姐伙同姐夫陷害了妹妹。在感情上，张爱玲是个彻底的悲观主义者。

英国著名学者沃尔波尔有句名言："这个世界，凭理智来领会是个喜剧，凭感情来领会是个悲剧。"简·奥斯丁凭着理智来领会世界，写出了一部部描写世态人情的喜剧作品。张爱玲用自己的感情来领会这个世界，满眼都是悲剧。正应了那一句话："奇迹在中国并不算稀奇，可都没有好下场。"

（2）创作心态不同。

因为生活经历的不同，所以在进行文学创作时，她们的心态也有很大的不同。奥斯丁是充满热情与希望的，在她欣赏的主人公身上寄托了她的人生理想。从她的书中，我们知道了她心中的绅士就该像《爱玛》中的奈特利先生谦卑、有教养、乐于助人。理想的淑女就应该像《理智与情感》中的埃丽诺那样感情强烈而又头脑冷静。张爱玲把人性的弱点表现得深刻传神，书中的人物都是自私的人，没有家庭的温馨，没有爱情的甜蜜，没有真挚的友情。人与人之间的交往都是功利的，只有没完没了的算计。如果社会中都是这样的人，那这个社会就是地狱。写出这样的作品，她的心中一定充满了凄凉。

在刻画人物上，简·奥斯丁借助生动的对话和有趣的情节，把人物写得栩栩如生。奥斯丁描写的对话鲜明生动，富有个性。《理智与情感》中的约翰·达什伍德，张口是钱，闭口是钱，就连向妹妹们告别，也"祝贺"她们"不费分文就能朝巴顿方向做这么远的旅行"。生动逼真地表现了他那吝啬、贪婪、冷酷的性格特征。张爱玲写人物擅长的是心理分析，不采用奥斯丁那样的心理独白，她将暗示、语言、心理三者结合，巧妙地表现出人物的微妙情感。《花凋》里的川嫦生了治不好的病，天天在家里熬日子，妈妈给她买了双皮鞋，"川嫦把一只脚踏到皮鞋里试了一试，道'这种皮看上去倒很牢，总可以穿两三年。'她死在三星期后。"还有什么描写能够把川嫦的这种无奈和悲哀表现得更好呢？

爱情和婚姻主题是永恒的，张爱玲和简·奥斯丁这两位专门表现这一主题的风格独特的女作家，她们和她们笔下的人物在一定程度上也是永恒的。张爱玲是了解奥斯丁的作品的，然而她的评价却并不高。她在散文《华丽缘》中说："譬如简·奥斯丁的小说，万一要编成歌剧，我想如果用一个唱腔到底，一定可以有一种特殊的效果，用来表现 18 世纪的英国乡村，那平静狭小的社会，里面'人同此心，心同此理'说起来莫不头头是道，可是永远是那一套。"她认为奥斯丁的作品太单调。然而所谓永恒，大概就是如此。❶

奥斯丁与张爱玲这两位女性作家，一个用乐观豁达的心态去嘲讽父权社会对女性的压迫与禁锢，另一个以出离愤怒的姿态对女性所遭受的屈辱与污蔑进行抨击，并提出"妇女人权"这一崭新的命题，向男性中心社会的传统观念进行毫不留情的挑战。但是，她们所处的时代毕竟不同，各人的处境也不同。奥斯丁有一个温暖和睦的大家族，在宗法制度还没有完全破坏的社会环境中，她在家里是一位受人爱戴的姑母，不愁生计，安心于创作。张爱玲却因父母不和，亲生母亲离家出走，继母百般刁难，她的心灵深处留下了痛苦的回忆。这种经历使她在创作中很难再保持一个旁观者的冷静。她那些饱含苍凉的故事，总是带着几丝淡淡的愁绪，总是蒙着几分隐隐的悲情。于是，她以身受其害的感触，用浓厚的悲剧色彩向社会发出了要求妇女人权的呐喊。

---

❶ 冯俏. 人同此心心同此理——浅析张爱玲与简·奥斯丁小说的异同［J］. 天津成人高等学校联合学报，2004，（6）.

三、小结

综上所述，奥斯丁和张爱玲的小说作品均具有一定的迷惑性，乍一看，她们的所有小说无非就是各种人物在费尽心思地考虑和实践怎样嫁一个好丈夫、怎样娶一个有财产的妻子或者怎样在"张家长、李家短"的生活琐事中探索心灵的归属。这样的作品内容，容易使读者觉得作品中家长里短的描述似乎并没有更多深刻或者有意义的思想，也不可能具有明确的某种主题或者思想发展过程。但是，只要细读过奥斯丁和张爱玲小说的读者，都可以发现小说中女主人公在思想、精神和心理上都会经历从懵懂无知的偏执少女到熟稔世事的成熟女性这样一段成长的漫长历程。这就是两部作品中的"成长主题"。故而本章首先对两部作品中的"成长主题"进行了创作背景、研究现状、主题界定和女性特色这四方面的分析。例如，对两部作品中所具有的"年轻人""亲历性""叙述结构""动态性"四个方面特征的比较分析；然后，笔者对两位作家各具特色的成长主题进行了变异学视域下的比较研究。在第二节中，笔者探寻奥斯丁和张爱玲作品中成长主题的相同之处和不同之处，并对其后的文化心理和社会机制做出了剖析。最后，笔者也希望这种新的尝试能为传统的作家作品比较研究提供新的研究思路和研究视角。

结　语

　　比较文学变异学研究是比较文学中国学派的杰出研究成果，也是世界比较文学学科未来发展的一个重要方向。笔者将视野聚焦在比较文学变异学上，将差异性作为比较文学学科理论的一个重要参考纳入具体文学案例的比较研究中。本书使用了比较文学变异学理论，对中外文学中的三个经典主题进行了分析：

　　在第一章"变异学视域下的中外侠士复仇小说新论"中，笔者对中外文学中的"侠士"和"复仇"主题进行了变异学视域下的跨文明比较研究。笔者选用了两位作家在情节上有一定相似度的作品——《连城诀》和《基督山伯爵》作为分析文本。经过比较分析后，笔者认为《连城诀》的部分构思虽然受到《基督山伯爵》的影响，但是，金庸先生的小说具有接受主体自身独特的异质性和变异性。从文本细读中我们可以看到，作为开辟武侠小说新时代的文学大家，金庸在作品创作中虽然在语言运用、人物塑造、叙事结构上大量吸收并运用了"五四"新文学运动与西方经典文学作品的长处，但是其小说创作更主要的是来自于自身的中国古典文学知识、中华传统文化底蕴和中西融合的叙事手法。换句话说，为了符合中国人的传统审美情趣，金庸对西方侠士小说中的情节和人物进行了大规模的本土化和再创造，对西方侠士小说进行了全方位的变异处理，即所谓的"东方化"。而我们所分析的文本《连城诀》，就是一个很好的例子。

第二章"变异学视域下的中外灾难文学'惩戒'主题研究"，是用变异学的理论对中外灾难文学中的"神话"主题进行分析与溯源。首先，笔者对西方希腊神话、圣经神话和中国神话传说中的"人神"关系进行了不同文明源头的梳理和剖析——中国神话中的"人神"关系是人类与大自然的和谐共融关系。这种关系不是西方二元对立不可调和的紧张"人神"关系。中国神话传说中的人与"神"（大自然）的关系秉承了自古以来"天人合一"哲学思想。虽然人类与大自然存在矛盾和冲突，但是终归可以用某种双方都可以接受的方式相互协调。这正是中国神话与西方神话最显著的不同之处。然后，在第二节"中外灾难文学的'惩戒'主题比较"中，笔者对西方灾难文学作品进行了"惩戒"神话传统叙事的分析，然后对中国灾难小说不同于西方神话叙事模式的原因进行了思考。虽然在远古神话中，中西方文学作品对敢于反抗宿命的英雄们都采取了褒奖的态度，但是中国神话作品并没有将大自然进行系统和严谨的"人格化"处理，从而形成了中国神话中神祇

形象的模糊性和人神关系的可调和性。因此，在西方的现当代
文学作品中，我们依然可以看到"两希"文明中远古的神话
叙事传统和一以贯之的人神抗争关系（如菲利普·罗斯的
《复仇女神》）。而在现代中国作家笔下的灾难文学中，基本上
很难找到古代中国神话的影子了。

　　第三章"变异学视域下的中外小说成长主题研究"是对
中外小说中成长主题进行的比较研究。笔者选用了张爱玲的
《沉香屑：第一炉香》和简·奥斯丁的《傲慢与偏见》作为分
析文本。本章首先对两部作品中的成长主题进行了创作背景、
研究现状、主题界定和女性特色这四方面的分析。例如，对两
部作品中所具有的"年轻人""亲历性""叙述结构""动态
性"四个方面特征的比较分析；然后，笔者对两位作家各具
特色的成长主题进行了变异学视域下的比较研究。在第二节
中，笔者探寻奥斯丁和张爱玲作品中成长主题的相同之处和不
同之处，并对其背后的文化心理和社会机制做出了剖析——相
对于张爱玲来说，奥斯丁的成长环境比较轻松愉快，这直接导
致两位女作家成年之后迥异的创作风格。前者轻松乐观，后者
压抑悲观。这也和中西方的传统文化性情有关。不同的创作风
格背后，隐藏着迥异的创作心态。一位充满希望与热情，一位
充满绝望与凄凉。同样是女性的成长主题，在这两位作家的笔
下却呈现出不同的历史观照和文化呈现。与香港密不可分的张
爱玲，在这个中西方文化的交汇之地，从小便受到了中西方文

明与文化的影响。然而她并不单纯属于某一种文化，她是一个中西方文化的"杂合子"。和金庸先生一样，出生在中国旧时上层阶级的张爱玲既有着深厚的中国传统文化知识和语言运用能力，又在出洋留学时受到了西方文化的长期影响。所以，张爱玲笔下的女性成长主题并不是西方成长叙事模式的一味照搬，而是在对其进行文化过滤之后的变异性再创作，并且形成了自己独一无二的写作风格。

中国学派提出的比较文学变异学理论是处理目前国际比较文学学科危机的重要突破口。跨中西方文明前提下的变异学研究，对西方长期以来所固守的"逻各斯中心主义"是一种及时的纠正。但是，由于长期以来中国比较文学在国际社会上的"失语症"，西方学者并没有对中国比较文学的快速发展给予足够关注和肯定。随着中国经济实力的日益强大和中国比较文学研究成果的递增，特别是比较文学"变异学"这个观点的提出，越来越多的西方学者对中国学派的研究理论和研究案例开始重视，并逐渐认同了"变异学"研究模式是解决国际比较文学学科危机的重要方法。笔者认为，在比较文学学科危机不断深化和中国国力不断提升的未来，法国学派和美国学派的传统研究模式会遭到越来越多的质疑，国际比较文学会将更多的目光投向中国，而中国比较文学将会在国际比较文学这个大舞台上拥有更多、更权威的话语权。

最后，用变异学研究的提出者曹顺庆教授的话作为本书的结尾，与同行者共勉：

"因此除了传统的影响关系的同源性可比性外，平行研究的类同性可比性外，应该注重平行比较的异质性，影响研究的变异性。因此对于在不同文明冲撞下产生的中国比较文学来说，其本身就是中西方文化冲突的结果，在这种冲突中文明的异质性与变异性远远大于其共同性，因此在'求同'思维模式限制下的比较文学研究将很难找到自身的出路，应当承认文明之间的差异性，并将思维方式由'求同'转向'求异'，将差异性作为比较文学的可比性基础，进行比较文学变异学研究，这样才能克服研究中面临的诸多困难，对以往的法国学派和美国学派的研究方法做出重大补正。在中西比较诗学方面追求差异性，一改法国学派的求同略异、美国学派的求同拒异的错误态度，主动求异，将以往研究中失落了的差异重新找回来，使之进一步完善比较文学学科理论体系才是学科的正确抉择。"❶

---

❶　赵渭绒，曹顺庆. 比较文学学科理论体系新思考［J］. 外国文学研究，2012，（1）：115.

参考文献

[1] 巴赫金. 小说的空间形式和时空体形式 [M] //巴赫金全集. 白春仁, 译. 石家庄：河北教育出版社, 1998.

[2] 池田大作, 金庸. 探求一个灿烂的世纪 [M]. 孙立川, 译. 北京：北京大学出版社, 1998.

[3] 金庸. 连城诀 [M]. 广州：广州出版社, 2006.

[4] 亚历山大·仲马. 基度山伯爵 [M]. 蒋学模, 译. 北京：人民文学出版社, 1994.

[5] 罗立群. 中国武侠小说史 [M]. 石家庄：花山文艺出版社, 2008.

[6] 曹顺庆. 比较文学学 [M]. 成都：四川大学出版社, 2005.

[7] 蔡翔. 侠与义：武侠小说与中国文化 [M]. 北京：北京十月文艺出版社, 1993.

[8] 陈墨. 金庸小说与中国文化 [M]. 南昌：百花洲文艺出版社, 1999.

[9] 曹布拉. 金庸小说技巧 [M]. 杭州：杭州出版社, 2006.

[10] 孙金燕. 武侠文化符号学：20世纪中国武侠文本的虚构与叙述研究 [M]. 成都：四川大学出版社, 2015.

[11] 周仲强. 文化传承与变革：跨文化语境中金庸小说的艺术转型 [M]. 杭州：浙江大学出版社, 2013.

［12］斯威布．希腊神话和传说：名著名译插图本［M］．楚图南，译．北京：人民文学出版社，2004．

［13］袁珂．中国神话传说：从盘古到秦始皇［M］．上册．北京：人民文学出版社，1998．

［14］周健，王培铎．论悬念的焦点［J］．大连教育学院学报，2000（6）．

［15］袁珂．山海经全译［M］．贵阳：贵州人民出版社，1991．

［16］王卓．投射在文本中的成长丽影［M］．北京：中国书籍出版社，2008．

［17］简·奥斯丁．傲慢与偏见［M］．王科一，译．上海：上海译文出版社，2010．

［18］殷企平．英国小说批评史［M］．上海：上海外语教育出版社，2001．

［19］李赋宁．中国大百科全书：外国文学［M］．北京：中国大百科全书出版社，1982．

［20］大卫·莫那翰．简·奥斯丁和妇女地位问题［M］//朱虹．奥斯丁研究．北京：中国文联出版社，1985：333．

［21］芮渝萍．美国成长小说研究［M］．北京：中国社会科学出版社，2004．

［22］勒弗罗伊．简·奥斯丁［M］．木点，译．北京：外语教育与研究出版社，2001．

［23］埃莱娜·西苏．美杜莎的笑声［M］//张京媛．当代女权主义文学批评．北京：北京大学出版社，1992：194．

［24］艾德蒙·威尔逊．漫谈简·奥斯丁［M］//赵一凡，译．朱虹．奥斯丁研究．北京：中国文联出版社，1985：138．

[25] 安妮特·T. 鲁宾斯坦. 从莎士比亚到奥斯丁 [M] //陈安全，高逾，曾丽明，等译. 英国文学的伟大传统. 3 册上. 上海：上海译文出版社，1996：449 - 510.

[26] 鲍晓兰. 西方女权主义研究评介 [M]. 北京：生活·读书·新知三联书店，1995.

[27] 利维斯. 伟大的传统 [M]. 袁伟，译. 北京：生活·读书·新知三联书店，2002.

[28] 刘文荣. 19 世纪英国小说史 [M]. 北京：中国社会科学出版社，2002.

[29] 陆伟芳. 英国妇女选举权运动 [M]. 北京：中国社会科学出版社，2004.

[30] 罗新璋. 翻译论集 [M]. 北京：商务印书馆，1984.

[31] Daniel Defoe, A Collection of Critical Essays [M]. Byrd, Max (ed.). New Jersey：Prentice-Hall，1976.

[32] Buckley, Jerome Hamilton. Season of Youth：The Bildungsroman from Dickens to Golding [M]. Cambridge, Massachusetts：Harvard University Press，1974.

[33] Moers, Ellen. Literary Women：The Great Writers [M]. New York：Doubleday；1st edition，1976.

[34] Brown, Julia Prewitt. Jane Austen's Novels：Social Change and Literary Form [M]. Cambridge, Masschusetts：Harvard University Press，1979.

[35] Spacks, Patricia Meyer. The Female Imagination [M]. New York：Knopf，1975.